平安あや恋《こい》語《がたり》
彩《さい》衣《い》と徒花《あだばな》の君

岐川　新

20625

角川ビーンズ文庫

目次

平安あや恋語
人物紹介
藤原百合《ふじわらのゆり》
没落貴族の出だが、東宮女御付の女房「深草式部《ふかくさのしきぶ》」として出仕する。十二単衣の色合わせが得意。
藤原龍臣《ふじわらのたつおみ》
中性的な美しさを持つ、左大臣家次男の左兵衛佐《さひょうえのすけ》。なぜか三位局《さんみのつぼね》として宮中へ…？
異母兄弟

イラスト／このか

高晴《たかはる》
今上《きんじょう》帝《てい》で東宮の異母兄。
異母兄弟
高良親王《たからしんのう》
今上帝の異母弟、東宮《とうぐう》。品のある優しい顔立ちだが、龍臣とは幼い頃からの悪友同士。
香子《たかこ》
東宮の妃として後宮へ入る。大納言の女《むすめ》で根っからのわがまま。
藤原朱貞《ふじわらのあけさだ》
龍臣の異母兄。かつては頭中将《とうのちゅうじょう》であったが、左大将へと昇格。雅な風貌で「今《いま》業《なり》平《ひら》」と名高い色男。

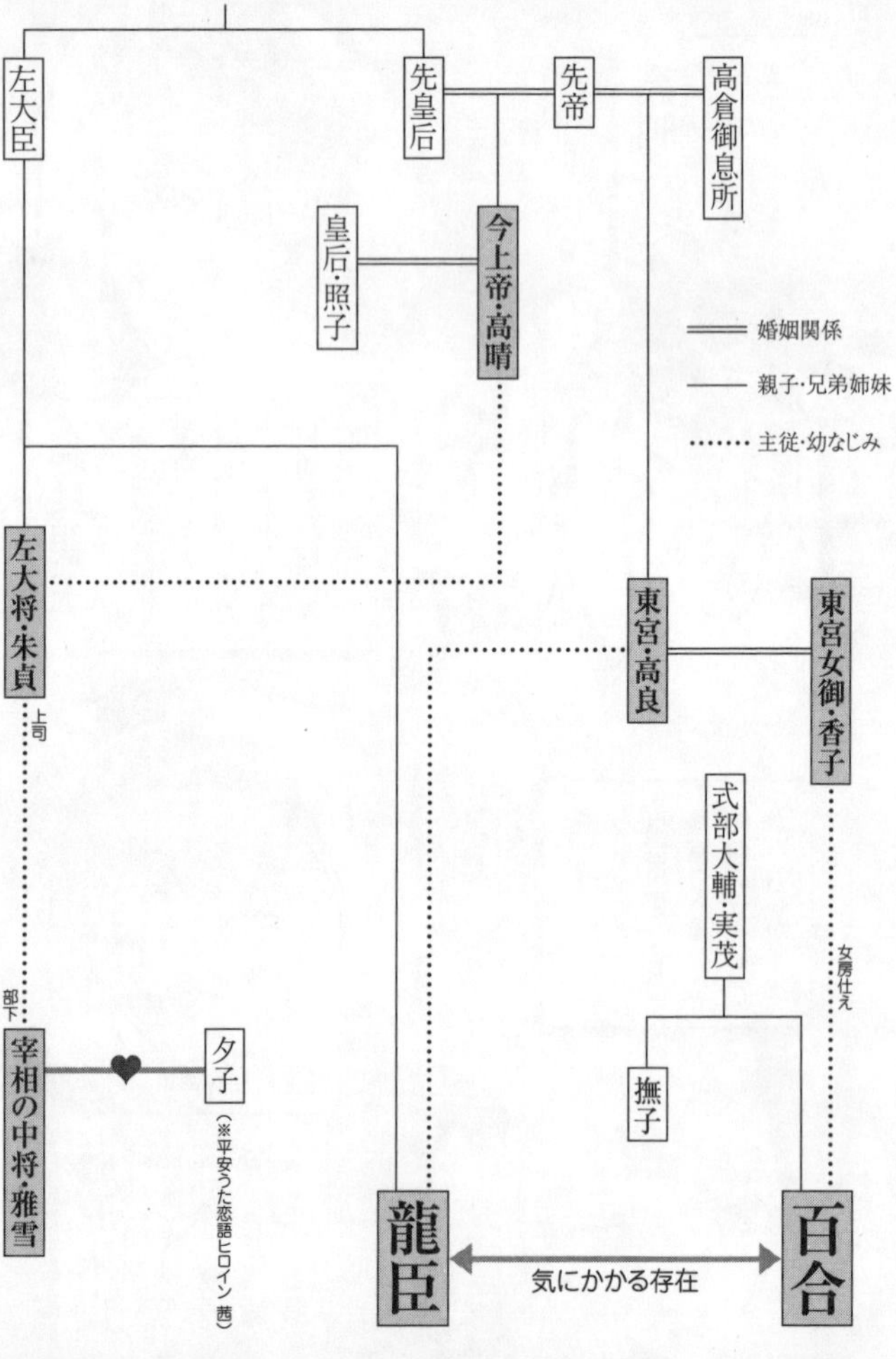

平安恋語シリーズ人物相関図

鳴る神の　音のみ聞く　富士の峰《みね》
いかでかしらむ　燃ゆる思ひを――

本文イラスト／このか

序 ✿ 花明かりの誘《いざな》う先

ふと感じた人の気配に、百合《ゆり》は針を運んでいた手を止め、御簾《みす》の外へ目をやった。見れば、ゆったりとした足どりで簀子縁《すのこえん》をいく父の姿がある。

「父さま？」

その姿につと眉《まゆ》をよせ、百合は立ちあがると御簾から顔をのぞかせた。

「父さま、出かけるの？」

大きく日も傾《かたむ》いたこの時分、どこへいくのかと声をかけると、

「おや、百合」

父実茂《さねしげ》が振《ふ》り返り、目元に笑い皺《じわ》を刻んだ。腕《うで》には琵琶《びわ》らしき包みを抱《かか》えている。

「なに、右大臣さまの観桜《かんおう》の宴《うたげ》に呼ばれていてね。ちょっといってくるよ」

「ちょっとって……父さま！」

いかにも気軽に告げて再び歩きだそうとした父を、百合は慌《あわ》てて呼び止めた。

「待って、その格好でいくつもり!?」

「そうだけれど？」

なにかおかしいか、と言わんばかりに纏《まと》った緋《あけ》の袍《ほう》を見下ろした実茂に、百合は頭を抱えた。

「右大臣さまのお屋敷《やしき》で開かれる宴に、出仕姿《仕事着》でいく人がどこにいるのよ！」

「そうかい？」

「ああ、もう……いいから、ちょっと待っててっ」

心底不思議そうな父親にぴしりと言い置いて、百合は母屋《もや》へととって返した。

「大方、右大臣さまに琵琶を所望《しょもう》されたんだろうけど、ほんとこういうところは無頓着《むとんちゃく》なんだから」

幅広《はばひろ》い知識と教養があり、古今の礼式にも通じているはずなのに——なにしろ、式部省の役人だ——自身のこととなるとまるでかまわない。こんな風だから、摂関家藤原《ふじわら》一門でありながら没落《ぼつらく》した貧乏《びんぼう》貴族に甘んじるはめになるのだ。

「今からなら、宴の中心は夜よね」

日が暮れる前からはじまり、酒を酌《く》み交《か》わしながら楽を奏《かな》でて舞《まい》を舞《ま》い、と夜が更《ふ》けるまで続くのが慣例だ。

「たしか、主上《おかみ》から褒美《ほうび》で賜《たまわ》った布であつらえた直衣《のうし》があったはず」

「——姉さま、どうかされたの？」

衣裳《いしょう》のおさめられている唐櫃《からびつ》を漁《あさ》っているところへ、鈴《すず》を転がすような声がかかる。

「撫子《なでしこ》」

首だけで振りむくと、そこには妹の撫子の姿があった。

首を傾《かし》げるのにあわせて、結《ゆ》われていない艶《つや》やかな髪《かみ》がさらりと流れる。抜《ぬ》けるように白い肌《はだ》に、紅をさしたかのような赤い小さな唇《くちびる》、大きすぎない切れ長の目元は、いつ見ても我が妹ながら溜息《ためいき》がでるような愛らしさだ。

面差《おもざ》しに似たところはあるものの、目が大きすぎるのが玉に瑕《きず》な自分とは逆に、玉のような美しさ、とはこういうことを言うのだろう。

──これでまだ裳着《もぎ》前だっていうんだから、末恐《すえおそ》ろしいわ。

成人したあかつきには、なよ竹のかぐや姫《ひめ》のごとく求婚《きゅうこん》者が列をなしてもおかしくない──本来なら。

「──て、そんな場合じゃなかった」

ふるっと頭をひとつ振ると、百合は実茂を目で示した。

「ちょうどよかった。撫子、父さまの袍《あれ》、脱《ぬ》ぐのを手伝ってあげて」

「？　わかりました」

おっとりと頷《うなず》く妹に父のことは任せて、百合は唐櫃へと視線を戻《もど》した。

──指貫《さしぬき》は縹色《なはだいろ》のものをはいてるから、そのままでいいとして……。

貴族の纏《まと》う衣裳には、身分や年齢《ねんれい》によって複雑な決まりがある。禁色《きんじき》といって、許されていない者が使うと罰《ばっ》せられる色があるのを筆頭に、布地の種類から、織りこむ紋様《もんよう》の有無《うむ》に種類までさまざまだ。

そこには暗黙《あんもく》の了解《りょうかい》と言うべきものまであって、外せば笑い者になるだけでなく、非常識の誹《そし》りは免《まぬが》れない。

その縛《しば》りの中でどう自分の感性をだすかが、私的な場では特に問われるのだ。

「父さまなんかは禁中で直衣が許される身分でもないしね……っと、あった」

百合が唐櫃からひっぱりだしたのは、表地を紫《むらさき》、裏地を白の絹で作った直衣だった。

昨年の秋、宮中で開かれた宴で実茂が琵琶を奏でた際、その見事さを帝《みかど》に賞賛され、褒美として賜った紫の反物《たんもの》で仕立てたものだ。

帝より賜ったとはいえ、実茂の官職は正五位下の式部大輔《しきぶのたいふ》。内裏《だいり》で纏えるのは緋の袍と決まっているため、私的な服である直衣をあつらえたのだ。

身分の上下なく纏うことを許された、ゆるし色——深紫《こきむらさき》は禁色だ——の範囲《はんい》の、すこし淡《あわ》い紫色《むらさきいろ》はまるで……

「闇《やみ》の中、ほんのり浮《う》かびあがる夜桜ってね」

広げてほつれなどがないか検《あらた》めると、百合はひとつ頷いた。

妹によって袍を脱がされた父のもとへと足早にむかえば、あら、と撫子がそれに目を留めた。

「姉さま、それは移菊《うつろいぎく》ではありませんか？」

「そうよ」

頷きながら、百合は『移菊』と呼ばれた直衣を父へとさしだした。

移菊、とは色目の名のことだ。

衣《きぬ》の表地と裏地の色の重ねあわせや、女性の装束《しょうぞく》——十二単《ひとえ》の衣を重ねる色のとりあわせを、かさねの色目という。

その色の重なりは、季節ごとの草木花の彩《いろど》りを表現しており、どう色を組みあわせるかは定型化している部分も多い。表に紫、裏に白を組みあわせた『移菊』もそのうちのひとつだ。

けれど、皆《みな》が皆決まりきった格好をしていては情緒《じょうちょ》に欠ける。ここで工夫《くふう》を凝《こ》らすのも個々人の感性次第《しだい》というわけだ。

「桜で紫を使うなら、普通《ふつう》は表を白、裏を紫にしてほのかに紫が浮かびあがるように見せるものだけど、あえて逆にしたの」

言いながら、さしだされるままに父が纏った直衣の形を整えていく。

濃《こ》い色合いの紫が表地なだけに、裏地の白は袖口《そでぐち》や襟《えり》からわずかにのぞく程度だ。

「この方が夜桜の風情《ふぜい》でしょ？」

まあ……と撫子が小さく目を瞠《みは》る。

桜のかさねなら、紅《くれない》や薄紅《うすべに》、あるいは萌黄《もえぎ》といった華《はな》やかな色を用いたものが主流だが、それだけにだれもが纏ってくるはずだ。とりたてて若いわけでもなく、権勢を誇《ほこ》るわけでもない父にはこれくらいがちょうどいいだろう。

「それに、季節ごとに衣裳をあつらえる余裕《よゆう》もないしね、我が家には」

そう、百合は独りごちるようにつけ加えた。

公卿《くぎょう》のような大貴族なら季節にあわせて新しい衣裳を揃《そろ》えることもできるが、満足に使用人を雇《やと》う余裕もない貧乏貴族にそんな真似《まね》ができるはずもない。布地も染料《せんりょう》もただではないのだ。

「ものは捉《とら》えよう、うまく使い回さないと」

秋の色目だろうと、使えるなら使わない手はない。

当の実茂はといえば、娘《むすめ》の整えた衣裳をにこにこと見下ろしていた。

「やあ、これは立派な衣だ。さすがは百合だね」

「はいはい、遅《おく》れて失礼にならないうちにいってらっしゃい」

「うん、いってくるよ」

改めて渡《わた》された琵琶を抱《かか》え、実茂が御簾《みす》をくぐって表へでていく。

やれやれ、と百合は撫子とともにその背を見送った。

このことが自分の運命を変えるとは、露《つゆ》とも思わずに――。

一　帳《とばり》の奥

「わたしが東宮女御《とうぐうにょうご》さま付の女房《にょうぼう》に？」

芽吹《めぶ》きの春、まるで野山を写しとったかのごとく野趣《やしゅ》あふれる庭に、百合のわずかに裏返った声が響《ひび》いた。

春とはいえすこし暑いくらいの気候に、御簾を半分ほど巻きあげ、妹と二人廂《ひさし》の間で針仕事をしていた百合は、宮中から戻るなり開口一番に告げた父親を啞然《あぜん》と見上げた。

「そう、今日大納言《だいなごん》好文《よしふみ》さまからお話があってね。このたび、東宮のお妃《きさき》として後宮入りされる香子《たかこ》さまの女房として、ぜひにと」

「わたしが、後宮に……」

にこにこと頷いて繰《く》り返した実茂に、百合もまたたしかめるように呟《つぶや》く。

東宮の女御付の女房になる、ということはすなわち、女御に仕える者として内裏へあがるということだ。

「おや……嫌《いや》だったかい？　百合の気が進まないというのなら、」

「いえ、ぜひ！」

反応の鈍《にぶ》い娘に憂《うれ》いをのせた父を、百合は勢いこんで遮《さえぎ》った。

宮仕えなど、簡単にできるものではない。身分はもちろん、見目のよさや仕えるにふさわしい才覚が必要になる。

なにより必要なのは、縁故《えんこ》だ。伝手《つて》がなくては、いくら自分が望もうと話さえこない。

それがむこうから転がりこんできたのだ。断る理由はなかった。

――血筋はいいのに、出世欲《よく》も要領のよさもない父さまに任せておいたら、この家は傾《かたむ》く一方。わたしがなんとかしないと。

撫子もそろそろ裳着を迎《むか》えるが、このままではろくな縁談《えんだん》もないに違《ちが》いない。なにしろ、結《けっ》婚《こん》後に夫の身の回りの世話をするのは妻の実家の役目なのだ。

――宰相《さいしょう》の中将《ちゅうじょう》・源《みなもとのまさゆき》雅雪さまの北の方が、結婚前は寂《さび》しいお暮らしぶりだったのは有名な話だけど、あんなのは例外中の例外だもの。

そもそもその北の方は、艶福家《えんぷくか》で有名な左大臣の落胤《らくいん》だったのだ。宰相の中将と結婚したのは、たまたま腹違《はらちが》いの兄である現左近大将《さこんのたいしょう》・藤原朱貞《ふじわらのあけさだ》によって見出《みいだ》され、左大臣家の姫《ひめ》として迎えいれられた後の話だから、状況《じょうきょう》が違う。

帝《みかど》をも巻きこんだ、当時銀《しろがね》の少将《しょうしょう》とあだ名された雅雪と左大臣家の姫の恋物語《こいものがたり》は、都では知らぬ者のない話だが、参考にはならない。

かえって、左大臣のような色好みに戯《たわむ》れに手をつけられ、相手が気まぐれにかよってくるのを待つだけの、寂しい身の上になる可能性の方が高い。

「——そうなる前に、撫子にはわたしがきちんとしたお相手を見つけなきゃ」

妹の器量なら、夫の方がいれこんで早々に北の方として自身の屋敷《やしき》に迎えいれる、ということも夢ではない。そのためにもまず、この家の内情を立て直す必要がある。

東宮女御の女房として内裏にあがったところで、さしたる収入が得られるわけでもないだろう。かといって、雲の上の人々に見初《みそ》められることを期待するほど、夢見がちでもない。

しかし、才覚を示して上の方々の目に留まることができれば、のしあがる機会も巡《めぐ》ってくる——はずだ。

めざせ立身出世、と意気込んだところで、そういえば……と百合は父親の顔を改めて見上げた。

「ところで、どうしてわたしにお声がかかったの？」

件《くだん》の大納言と関《かか》わったことなどなかったはずだが、と小首を傾《かし》げていると、ああ、と実茂が笑顔《えがお》に戻《もど》っておっとりと顎《あご》をひいた。

「すこし前に、右大臣さまの宴《うたげ》があっただろう？」

「父さまが出仕姿で参加しようとした、あれよね」

「あの時に着ていった直衣《のうし》が、評判がよくてね。仕立ての見事さはもちろん、色の見立てもひととおりではないと興味を抱《いだ》かれたようだ」

「そう、なんだ」

使い回しをそうまで言われると、いささか面映《おもは》ゆい。

「百合は仕立てだけでなく、染めも得意だから、お役にたてるだろうと思ってね」

それに、と父の笑みが深まる。

「女御さまのもとでなら、うちではめったに手にはいらない染料も扱《あつか》えるよ、きっと」

「父さま……」

自然を愛《め》でては楽を奏《かな》でて歌を詠《よ》む風流人、といえば聞こえはいいが、浮《う》き世離《よばな》れした父親がそこまで考えていたのかと目を瞠る。

——でも、そっか……。

あるものだけでどこまで思う色がだせるか苦心するのも面白《おもしろ》くはあるが、珍《めずら》しい染料が使えるかもしれないと思うと、出世云々《うんぬん》とは違う意味で心が躍《おど》った。

「さすがに黄櫨染《こうろぜん》や黄丹《おうたん》を見るのは難しいだろうけど」

帝と東宮しか纏《まと》うことを許されない、最高位の禁色《きんじき》を目にする機会はないだろうが、内裏《だいり》は——特に後宮は、さまざまな色彩《しきさい》の華やぎに満ちているだろう。

その分闇《やみ》も濃《こ》そうだが、とまだ見ぬ宮中に思いをはせながら、百合は居住まいを正した。

「そのお話、お受けしますと大納言さまにお伝えしてください」

「わかった。そう伝えよう」

「……姉さま、内裏へあがられるの？」

うんうんと頷《うなず》く父とは反対に、心細そうな声が隣《となり》からあがる。撫子だ。

百合は妹の方へむき直ると、そっとその手をとった。

「今、聞いたとおりよ。わたしは内裏でがんばるから、撫子は父さまのことよろしくね」

この家に父と妹を残していくことにうしろ髪《がみ》がひかれない、と言えば嘘《うそ》になる。

母親はなく、敷地《しきち》だけはやたら広い屋敷には幾人《いくにん》かの下働きの者と、父が子どものころから仕える老いた女房たちがいるだけだ。

おっとりした父と気質のよく似た妹だけにするなど、むしろ不安しかない。それでもこの機会を逃《のが》すわけにはいかなかった。

──姉さまががんばって、いい縁《えん》を見つけてくるからね……っ
心の中で誓《ちか》いながら、妹の手を握《にぎ》る手に力をこめた時、

「ああ、そうそう」

実茂が思いだしたように声をあげた。

「入内《じゅだい》は今月末だそうだよ」

「今月末!?」

思わず耳を疑って、百合は勢いよく父へと首を巡らせた。口にした当の本人は、なんでもないことのように首を縦にした。

「そうかがったよ。だから、人を集めるのをお急ぎでね」

「今月末って、あと十日もないじゃない！」

いくらなんでも早すぎる。

「その日を逃すとよき日がだいぶ先になってしまうらしい。——お断りするかい？」

「しません！」

宣言するなり、すっくと立ちあがった百合は、出立までにするべき事柄《ことがら》を脳裏《のうり》にあげていく。

悠長《ゆうちょう》に感傷に浸《ひた》っている暇《ひま》はなかった。

後宮にあがるのが今月末ということは、すくなくともその前日、ことによると二、三日前にはこの家をでることになる。父のように屋敷から内裏へ赴《おもむ》くわけではないのだ。大納言邸《てい》より、女御となる姫君《ひめぎみ》やほかのお付きの者たちと一緒《いっしょ》に御殿《ごてん》へのぼることになるのだから。

そこから出立の日まで、撫子と満足に別れを惜《お》しむ時もなかった。

自らの用意を調えるとともに、先々のことを見越《みこ》して父や妹の装束《しょうぞく》を準備しておく。古参の女房たちにも自分がいなくなったあとのことを指示し、不足はないかたしかめる。

そんな慌《あわ》ただしさの中、あっというまに出立の日は訪《おとず》れた。

「——まだ早いけど、夏物は用意しておいたから。衣更《ころもが》えもまだのうちにうっかり父さまが夏直衣を着ないよう、注意して」

「わかりました」

「なにか困ったことがあったら、文《ふみ》を送って。戻ってくるのは難しいけど、なにか手を考えるわ。いざとなったら、叔母《おば》さまを頼《たよ》りなさい。事情をお話ししてお願いしてあるから」

「はい。姉さまも便りをくださいね」

「そうね、宮中の様子など書いて送るわ。――ああ、でも、やっぱり心配……」

本当にこの二人だけにして大丈夫《だいじょうぶ》だろうか、とあれやこれやと思いつくかぎりを並べてなお、不安は拭《ぬぐ》えない。

別れを惜しむ姉妹に、実茂が「ほらほら」と声をかけた。

「そんなことではいつまでたっても出立できないだろう」

「わかってます」

父の言うことももっともだとひとつ息をついて、百合はすっと背筋を正した。

「――では、いってまいります」

「うん、いっておいで」

「姉さまもお身体《からだ》にはお気をつけて」

そうして父と妹の二人に見送られ、期待と不安を抱《かか》えながら百合は生まれ育った家をあとにしたのである。

平安《へいあん》の都の北、その中央に位置する皇居並びに諸官庁が所在する区域を大内裏という。
その中心であり、帝が住まわれる区画を、内裏とも禁裏《きんり》とも称《しょう》する。
そして、内裏のさらに奥向き——帝の常の御座所《ござしょ》である清涼殿《せいりょうでん》の後方にある、皇后をはじめとする妃《きさき》やその女房《にょうぼう》たちが住まう十二の殿舎をまとめて後宮と呼ぶ。
その東の一画、淑景舎《しげいしゃ》が百合の新たな住まいだった。

「——で、庭に桐《きり》が植わってるから、別名桐壺《きりつぼ》か」

あれって本当だったんだ、と話に聞いたことしかなかった桐に淡《あわ》い紫《むらさき》の花が咲《さ》きはじめているのに気がつき、百合は足を止めた。

東宮《とうぐう》の女御となられた大納言《だいなごん》好文の女《むすめ》・香子《たかこ》とともに、ここ桐壺の御殿へあがったのが二月《きさらぎ》の終わり。

それからさほどの時が流れたわけではないのに、慣れない日々の慌ただしさに、月日の感覚が曖昧《あいまい》になっている。綻《ほころ》びはじめた桐の花に、もうそんな時季か、と思う一方、まだそれだけしか過ぎていないのか、とも思う。

「深草式部《ふかくさのしきぶ》？」

どうしたのかとかかった、ようやく耳慣れてきた呼び名に、「今いくわ」と返して、百合は手にした布地を抱え直して、同僚《どうりょう》のあとを追った。

東宮の女御である香子が、与《あた》えられた御殿から『桐壺御息所《きりつぼのみやすどころ》』と呼ばれるようになったのと時を同じくして、百合もまた『深草式部』という女房名で呼ばれるようになっていた。

万葉集《まんようしゅう》に『道の辺《べ》の草深百合《くさふか》の花笑《はなゑ》みに』という歌があることから、草深では語呂《ごろ》が悪い、と深草と呼ばれるようになったのだが――

――これって、絶対うちをからかう意味もはいってるよね。

草木花は自然にあるがままがいい。

そう言って父は庭に手をいれようとはせず、生えるがままに放置している。おかげで夏などはどこの野原だと思うような有様だ。

まさに、深い草の中の百合、というわけだ。ちなみに、式部は父親が式部大輔《しきぶのたいふ》を賜《たま》わっているためにつけられた。

「まあ、そのとおりなんだけど」

ここのように手入れのいき届いた庭に感嘆《かんたん》する反面、寂《さび》しいとも思ってしまう自分は、やはりあの父の娘《むすめ》だということなのだろう。

「だからこそ、感性をこうして活《い》かすことができてるわけだし」

そう、思ったとおりの色に染めあがった布へ目をおとして、百合は我知らず口元を綻ばせた。

命あふれるみずみずしい萌黄《もえぎ》に、空を映して輝《かがや》く水の色。

こうして、自然を写しとったかのような色合いに染まった布や薄様《うすよう》（紙）を見ると、心が弾《はず》む。意図した色とは違《ちが》ってしまっても、悔《くや》しくはあるが、それはそれで面白《おもしろ》い。

実際に染めあがるまで、どんな色に仕上がるかわからない。たとえ同じ染料《せんりょう》、同じ配合であっても、さまざまな要因で微妙《びみょう》な差が生まれる。そこが染めの難しいところであり、わくわくするところでもあった。

「いつもとは勝手が違うから、うまくいくか不安だったけど」

よかった、と呟《つぶや》いて布地へ指を滑《すべ》らせた時、

「きゃあ！」

御簾《みす》の奥から響《ひび》いた甲高《かんだか》い声に、百合はびくっと肩《かた》を揺《ゆ》らがせた。なにごとか、と思う前に硬《かた》いものがばらまかれるような音が続く。

「いやだ、ごめんなさい。わざとじゃないのよ、ね？」

詫《わ》びているにもかかわらず、くすくすと忍《しの》び笑う気配の滲《にじ》む声が耳に届き、自然と眉《まゆ》がよる。

百合は声のした方を気にかけながら、そっと御簾を捲《まく》って廂《ひさし》の間へと足を踏《ふ》みいれた。

そこに控《ひか》えた同僚の女房たちもまた、息を潜《ひそ》めるようにしてさらに奥の御簾――母屋《もや》の様子をうかがっている。

「……御息所さま、また？」

近くにいた女房の一人に囁《ささや》くように問えば、そう、とあいづちが返った。

「手慰《てなぐさ》みに三位局《さんみのつぼね》さまを相手に碁《ご》をしておられたんだけど……」

どうやら負けの気配が濃厚《のうこう》になり、癇癪《かんしゃく》を起こしたということらしい。

濁《にご》された言葉《ことば》尻《じり》を読みとって、百合はこっそりと溜息《ためいき》をついた。

——あの方にも困ったものだわ。

よくあれで入内《じゅだい》させようと思ったものだ、と仕える身ながら呆《あき》れを禁じ得ない。

桐壺御息所——東宮の女御となった香子は、大納言家の唯一《ゆいいつ》の姫《ひめ》として蝶《ちょう》よ花よと育てられたらしく、わがままというか、少々困った性質の持ち主だった。

ちやほやされていないと気がすまず、気にいらないことや思うようにならないことがあると、すぐに拗《す》ねたり泣いたりする。だけならまだしも、家から連れてきたお気にいりの女房たちを使って、口々に文句をつけさせる。

与えられた殿舎が桐壺という、清涼殿から一番遠い、後宮の端《はし》ともいうべき位置なのが気に食わないらしく、せっかくの庭にも「地味すぎる」「自分には似合わない」などとケチをつけてばかりだ。

——ここ桐壺が梨壺《なしつぼ》に一番近いんだから、配慮《はいりょ》をいただいているのはだれにでもわかるのに。

東宮の御殿《ごてん》である梨壺——正式な名称《めいしょう》を昭陽舎《しょうようしゃ》——は桐壺とは渡廊《わたろう》を挟《はさ》んだ南にあり、目と鼻の先だ。

これで自分が蔑《ないがし》ろにされていると文句をつける意味がわからない。

「麗景殿《れいけいでん》や弘徽殿《こきでん》だったら納得《なっとく》したのかしら」

呆れ混じりに独りごちていると、ついっと御簾が持ちあがり、母屋から人影《ひとかげ》がでてくる。その姿に百合は、あ、と目を軽く見開いた。

三位局だ。

百合とは反対の切れ長の双眸《そうぼう》に、すっととおった鼻筋と薄《うす》い唇《くちびる》は、まるで当代一の絵師が理想を筆で描《えが》いたかのようだ。髪《かみ》は黒々と艶《つや》やかに流れ、背が高いことだけが欠点と言えば欠点だろう。

しかし、それも含《ふく》めて彼女には清廉《せいれん》な美しさがあった。

碁盤《ごばん》を抱《かか》えてうつむくように伏《ふ》し目がちにでてきた三位局は、一人立っている百合に気づいたのかふと目をあげた。

ついつい見惚《みと》れていた百合は、ぱちりとあった視線に、かあっと赤くなる。

不躾《ぶしつけ》に見過ぎてしまった、と慌《あわ》てるこちらをよそに、彼女は小さく微笑《ほほえ》んだ。黙《だま》っているとどこか人をよせつけない凜《りん》とした雰囲気《ふんいき》が、わずかに緩《ゆる》む。

それらにどぎまぎしている間にこちらへと歩みよってきた三位局のまなざしが、抱き締《だし》めるように抱えていた布地へとおちた。

「衣更《ころもが》えの支度《したく》ですか？」

る。

すこし低い、けれど艶のある耳あたりのいい声が耳をなで、予想外の事態に応《こた》える声が裏返

「は、はいっ」

「美しい色……これは、あなたが？」

「そうです」

おちつけ、と自らに言い聞かせながら、百合はぎこちなく顎《あご》をひいた。

当面の衣裳《いしょう》は入内に際して大納言側が用意していたが、夏の装束《しょうぞく》はそちらで、と生絹《すずし》などの生地《きじ》や染料を追ってよこした。それらをほかの女房たちとともに四月《うづき》一日の衣更えにまにあうよう仕立てている最中だった。

そんなところからもこの入内が慌ただしいものだったことが透《す》けて見え、なにを急ぐ必要があったのかと首を傾《かし》げたものだ。

「腕《うで》が良いのね」

「いえ、そんな」

それを買われた身ではあるが、面とむかって褒《ほ》められるとやはり面映《おもは》ゆい。

「これくらいでしかお役にたてませんから。三位局さまは……」

大変ですね、と口からでかかった言葉を呑《の》みこむ。さすがに不遜《ふそん》にすぎる。

わざわざ碁の相手に彼女を選んでは、勝てば手を叩《たた》いて大喜びし、負けそうになるとさっき

ってもだ。のように碁盤をひっくり返してなかったことにしてしまう、という嫌《いや》がらせが毎度のことであっても、だ。

だが、碁盤に注がれた視線と表情で言わんとすることを感じとったのだろう。三位局がすこし困ったように微笑んだ。

「本日は御息所さまの御気色《みけしき》が優《すぐ》れないようですので」

その言葉に『本日も』だろう、と聞いていただれもが思ったに違いない。しかし、口を開く者はいないまま、「では」と去っていく三位局の姿を見送った。

そうして気配が遠のいたところで百合は、ほう……と息を零《こぼ》した。

「あいかわらず、素敵《すてき》な方」

「本当に。御息所さまの勘気《かんき》にも嫌な顔ひとつせず対処されて」

「女房《にょうぼう》の鑑《かがみ》のようなお方だわ」

百合の憧《あこが》れ混じりの呟きに、ほかの女房たちもまた声を潜めて囁きあう。

「今まで噂《うわさ》のひとつもなかったことが、不思議なくらい」

「なんでも、どちらかの宮家の姫君《ひめぎみ》だとか。東宮《とうぐう》直々のお声掛《こえが》かりで出仕なされたそうよ」

香子にはそれも気に食わないことのひとつらしい、とはだれも口にしないものの、共通した認識《にんしき》だ。

女房と一括《ひとくく》りに言うものの、その中にも格がある。概《おおむ》ね、実家の家格や父兄《ふけい》の地位によって決まるもので、上は禁色《きんじき》を許され主《あるじ》の傍《そば》近くにある者から、下は身の回りのお世話をしたり、雑役《ざつえき》に従事する者までいた。

三位という位と一室を賜《たま》わり『三位局』と呼ばれる彼女は、当然格が高い。

当代一の美姫《びき》と名高い皇后には敵《かな》わないまでも、だれもが見惚《みほ》れるような美貌《びぼう》の持ち主というだけで癪《しゃく》に障《さわ》るのに、その経緯《けいい》からおいそれとは扱《あつか》えない三位局を、香子は目の上のたんこぶのように思っている――というのはもはや桐壺《ここ》の常識だ。

とはいえ当の本人は驕《おご》らず控えめ、それでいて然《しか》るべき折には毅然《きぜん》と対処できる三位局は、まさに『女房の鑑』ともいうべき女性だった。

――あの方こそが、わたしがめざすべき理想の姿だわ。

百合は布地の下で、ぐっと掌《てのひら》を握《にぎ》った。

なかなかに前途《ぜんと》多難だが、千里の道も一歩から、だ。

「さあ、わたしたちも自分の仕事にとりかかりましょう」

まずは任された仕事を完璧《かんぺき》に仕上げなくては、と百合は仲間に声をかけると、染めあがったばかりの布地を装束に仕立てるべく床《ゆか》へと広げた。

東宮より夜のお召《め》しがなければ、宵《よい》はのどかなものだ。

昼は御簾《みす》がさげられていた簀子縁《すのこえん》と廂の間《あいだ》には蔀戸《しとみど》がおろされ、燈台《とうだい》の灯《あか》りが揺《ゆ》らぎながら室内を照らす。

香子はすでに寝床《ねどこ》である御帳台《みちょうだい》の奥へとひきこもり、残された女房たちも碁を打ったり、ひそひそ話に興じたりと、それぞれが思い思いにすごしていた。

夜も更《ふ》け、一人、二人と自分に与《あた》えられた部屋——局へとひきあげていく中、ほのかな灯りを頼《たよ》りに針を動かしていた百合は、糸を止めるとほっと息をついた。

「よし、こんなものかな」

縫《ぬ》いあがった衣《きぬ》を目の前に広げ、できばえに満足げに頷《うなず》く。丁寧《ていねい》にたたみながら、百合は軽く首を回した。

「つい夢中になっちゃったけど、さすがに手元が暗いと疲《つか》れる」

油のことを気にしなくていいことに、あとすこしあとすこしと思ううちにすっかり遅《おそ》くなってしまった。

「家とは違《ちが》うんだから、気をつけなきゃ」

油の心配はいらなくなったが、人気《ひとけ》のなかった実家とは違い、ここでは他人を気遣《きづか》う必要がある。上の方の女房たちとは違い、局《つぼね》といっても几帳《きちょう》や屏風《びょうぶ》で仕切られているだけの空間だから、気配や音は筒《つつ》抜《ぬ》けと言ってもいい。あまり遅くなってはすでに休んでいる人にも迷惑《めいわく》になる。

後始末をして急いでひきあげようとした百合は、しかし、

「――きゃぁぁッ」

御帳台の方から聞こえた悲鳴に、弾《はじ》かれたように首を巡《めぐ》らせた。

「御息所さま？」

「だれか！」

またも聞こえた悲鳴に近いそれに、百合は片手で袴《はかま》をからげると、もう片方の手に燈台を持ち、御帳台の方へと走りよった。

自分以外は局にひきあげてしまったあとなのか、はたまた悲鳴にただならぬ気配を感じて怖《お》じけづいたのか、ほかの女房の姿はない。

百合は御帳台の帳《とばり》に手をかけ、はたと動きを止めた。さすがに断りもなく踏《ふ》みいるわけにはいかない。

「御息所さま、深草式部です。いかがなされました」

「ひっ、あ、あやかしが…っ」

上擦《うわず》った声で返ったそれに、百合はつと眉《まゆ》をよせた。

「あやかし？――失礼いたします」

さっと帳を捲《めく》り、燈台の灯りで御帳台の中を照らす。そこには頭から夜具をひき被《かぶ》ってうずくまる香子の姿があった。

「ほら、そこッ」

突《つ》きだされた手が指し示す方へ目を走らせる。と、きらり、と暗闇《くらやみ》になにかが光る。

一瞬《いっしゅん》息を吞んだ百合は、じっと目を凝《こ》らし――ふっと息を吐《は》きだした。

「――大丈夫《だいじょうぶ》、猫《ねこ》です」

「なんですって⁉」

恐怖《きょうふ》がすぎてか怒鳴《どな》るように問い返され、百合は逡巡《しゅんじゅん》したあと、「ご無礼を」と燈台を置くと御帳台へ足を踏みいれた。そのまま夜具の塊《かたまり》をよぎり、闇《やみ》に溶《と》けこむようにして帳から顔をのぞかせているあやかし改め、猫のもとへと歩みよる。

人慣れしているのか、近づいても逃《に》げない。手を伸《の》ばして抱《だ》きあげれば、抵抗《ていこう》することなくすんなりと腕におさまった。

「どこからかまぎれこんだようですね」

腕《うで》に猫を抱いたまま振《ふ》り返った百合が声をかけると、香子は怖々《こわごわ》といった体《てい》で夜具から顔をのぞかせる。

ひとつ瞬《またた》いたあと、ゆっくり双眸《そうぼう》を見開いたかと思うと、香子はぱっと夜具をはねのけて身を起こした。

「……きて」

「御息所さま？」

わなわなと唇《くちびる》を震《ふる》わせて紡《つむ》がれた声は擦《かす》れていて、よく聞きとれない。戸惑《とまど》いがちに呼びかけると、キッと怒《いか》りに染まった瞳《ひとみ》に睨《にら》みつけられる。

「どこかに捨ててきてって言ったのよ！　汚《けが》らわしい…っ」

「ですが、」

「なによ、逆らうつもり⁉」

反駁《はんばく》しかけたところを、高飛車に遮《さえぎ》られる。

もはや聞く耳を持たない香子に、百合は密《ひそ》やかに嘆息《たんそく》して、面《おもて》を伏《ふ》せた。

「――かしこまりました」

失礼いたします、と猫を抱いたまま再度香子の横をとおりすぎれば、彼女は避《よ》けるように身を退《ひ》いた。急ぎ御帳台からでたところで、

「姫《ひめ》さま！――あ」

「……」

いれ替《か》わるようにして一人の女房《にょうぼう》が母屋《もや》へと走りこんでくる。

自分の姿にか、抱いた猫にか驚《おどろ》いたように動きを止めた彼女に、百合は軽く頭をさげるとそそくさと御前《ごぜん》を辞した。

「小春《こはる》、なにをしていたの!? わたくしが呼んだのに駆《か》けつけもしないなんて！ 莫迦《ばか》にしてるの？ ほかの者もよ、お父さまたちに言いつけるわよっ」

「申しわけありません…っ」

背後から聞こえてくるやりとりに肩《かた》を竦《すく》めながら、百合は妻戸の錠《じょう》を開けるとそっと外へ滑《すべ》りでた。静かに戸を閉め直すと、はあ、とつめていた息を吐きだす。

戸を隔《へだ》ててなおかすかに聞こえてくる声に肩越《かたご》しに振り返ったあと、腕の中の存在へと視線をおとした。

「捨ててこい、って言われてもね」

あきらかに人慣れした様子といい、手入れされた艶《つや》やかな毛並みといい、なにより首に巻かれた綾紐《あやひも》がこの猫が飼《か》い猫であることを示していた。

「それにこの子って、もしかしなくても、東宮《とうぐう》さまが飼われてるっていう……」

暴れるでもなく腕に顔をなすりつけている黒猫《くろねこ》を困惑《こんわく》気味に見下ろす。

今上帝《きんじょうてい》から贈《おく》られた猫を東宮がかわいがっている、という話は耳にしたことがあった。東宮の御前へあがるのに必要な五位の位まで授《さず》けられているという話だから、邪険《じゃけん》に扱《あつか》うわけにもいかない。捨てるなどもってのほかだ。

とはいえ、ここで放して再び潜《もぐ》りこまれるのも困る。

「——どなたかまだ起きているといいけど」

ここは梨壺付の女房にひきとってもらうほかはないか、と再び息をついたあと、百合は梨壺へと重い足をむけた。

東宮のお召しの際に侍《はべ》るような身ではないから、後宮にあがってからこのかた梨壺へ足を踏みいれたことはなかった。

鼓動《こどう》が速まるのを感じつつ、桐壺と梨壺を繋《つな》ぐ渡廊《わたろう》を渡《わた》っていく。その先にあるのは、昭陽北舎と呼ばれる建物だ。

東宮に仕える女官《にょかん》たちの住まいにあてられている北舎は、この時間当然のように蔀戸《しとみど》がすべておろされ、妻戸《と》も閉ざされていた。しん、と静まりかえったあたりは、起きている者の気配もない。

「だよね……」

百合は肩をおとしながら、一縷《いちる》の望みにかけて、建物にそって巡らされた簀子縁を歩いていく。ぎっ……と踏み締《し》めるたびに軋《きし》む床板《ゆかいた》に、自然足どりは慎重《しんちょう》なものになった。

各殿舎《でんしゃ》は概《おおむ》ね似たような構造をしている。建物の中央に母屋があり、四方を囲む形で廂《ひさし》がある。さらにその外側に簀子縁が敷《し》かれていた。廂の間と簀子縁の間は格子《こうし》や蔀で仕切られ、建物の四隅《よすみ》には妻戸と呼ばれる扉《とびら》がついている。

百合は北舎と梨壺を繋ぐ渡廊をさらに渡って、恐《おそ》る恐る東宮の御殿《ごてん》へ足を踏みいれたところで、奥にある妻戸から薄《うす》く灯《あか》りが漏《も》れているのを目に留めた。

——あ、よかった……起きてる人がいるみたい。

こうなったらいっそここで猫をおろして戻《もど》ろうかと思っていただけに、ほっと胸をなでおろす。

さっさとこの子を託《たく》して戻ろう、と百合は足を速めて妻戸へと近づいていった。

しかし、いきなり開けるような真似《まね》はせず、扉の横で慎重に膝《ひざ》を折ると、

「もうし——」

細く開いた妻戸越《ご》しに、室内へと声をかけようとした——が、

「ったく、厄介《やっかい》なことを押しつけてくれたな、おまえも」

漏れ聞こえてきたそれに、寸前で言葉を呑《の》みこむ。

——男の人……？　え、女房のだれかのところに、公達《きんだち》が忍《しの》んできてるの？　だけど、今の声って……。

響《ひび》きは違うが、耳あたりのいい声はどこかで聞き覚えがある気がした。

「そう？　ずいぶんとうまくやっているみたいじゃない。噂《うわさ》は耳に届いているよ」

今度は違《ちが》う声がする。笑いを含《ふく》んだそれもまた男性のものだ。となると、逢引《あいび》きというわけではないらしい。

警護にあたっている武官たちだろうか、と頭をよぎるが、庭先ならまだしもこんな場所で？と違う疑問が湧《わ》いてくる。

——なんにしても、声をかけられる雰囲気《ふんいき》じゃないよね、これ。

それこそ『厄介ごと』の匂《にお》いがする。

ここはこの子を置いて早々に退散しよう、と抱いていた猫《ねこ》をそっとおろそうとした百合は、次に聞こえた科白《せりふ》にぴくりと動きを止めた。

「女房の鑑《かがみ》とも言われる君がそんな格好をしているところ、人に見られたらどうなるだろうね」

「人払《ひとばら》いはしてあるんだろ。ここでまであんな格好してられるかよ、鬱陶《うっとう》しい」

「……え？」

耳に届いた会話に知らず零《こぼ》れた声に、百合は慌《あわ》てて唇を閉じた。息を潜《ひそ》めて、じっと耳をすます。

どうやら気づかれてはいないようだ、と扉のむこうに動きがないことをたしかめ、こわばった身体《からだ》からわずかに力を抜《ぬ》く。一方で、代わりのように心の臓が騒《さわ》ぎだすのを感じた。

——今のって、どういう意味？　女房の鑑って、まさか……。

いや、と浮《う》かんだ人物を即座《そくざ》に否定する。彼女がこんなところにいるはずがないし、そもそもこんな乱雑なしゃべり方をするような方ではない。

けれど、否定する傍《そば》から、でも……という思いが頭をもたげる。

——あの方は出仕に際して東宮さま直々のお声掛《こえが》かりがあったとか聞くし。それにこの声。似てる、と無意識のうちに抱《だ》く腕に力をこめていたのか、これまでおとなしかった猫《ねこ》が嫌《いや》がるように身を捩《よじ》った。

あ、と思った時には百合の腕から逃《のが》れ、とん、と音もなく簀子《すのこ》の上に飛びおりていた。

なぁ——とあがった甘えたような鳴き声に、どきっと鼓動が一際《ひときわ》高く跳《は》ねる。

——まずい！

静寂《せいじゃく》におちたそれは思いの外大きく響き、案の定「小丸《こまる》？」と妻戸のむこうから名らしきものを呼ぶ声が聞こえた。

このままでは見つかる、と焦《あせ》りを浮かべた百合を尻目《しりめ》に、猫は尻尾《しっぽ》を揺《ゆ》らすと妻戸の隙間《すきま》からするりと中へはいっていった。

「——ああ、いないと思っていたら、散歩にでもいっていたのかい？」

猫にむかってかけられたのだろう言葉に、どっと脱力《だつりょく》する。

よかった……と吐《は》きだしそうになった溜息《ためいき》をこらえ、百合は今度こそ退散しようと力の抜けた両足にそろりと力をこめた。

猫を『小丸』と呼び、優《やさ》しげに語りかけていた声の主については、考えない。

——わたしはなにも聞かなかった。

自らに言い聞かせながら立ちあがろうとしたその足元から、ギシ…ッ、と低い軋みがあがる。

「……っ」

「！　だれだ⁉」

はっとした瞬間《しゅんかん》、鋭《するど》い誰何《すいか》があがった。

――なんで今気づいて、きた時には気づかないのよ…っ
焦りのあまり見当違《けんとうちが》いな考えが浮かぶ。すぐに立ち去らなければ、とわかっているのに、硬《こう》直《ちょく》した身体は思うように動かない。

思考も手足も働かず、焦燥《しょうそう》ばかりが募《つの》る中、荒《あら》い足音とともに勢いよく妻戸が開かれた。

漏れた薄明《うすあ》かりに、開け放った人物の横顔が浮かびあがる。

「おまえは――」

「ま、さか……」

互《たが》いに目を見開いて、見つめあう。

目の前の人物は唐衣《からぎぬ》に表着《うわぎ》や打衣《うちぎぬ》といった女房装束《しょうぞく》を脱《ぬ》ぎ、あまつさえ、重袿《かさねうちき》も身につけず小袿《こうちき》一枚を単衣《ひとえ》の上に羽織っただけ、というぞんざいすぎる格好だ。さらに、さすがに袴《はかま》ははいているものの、単衣のあわせはくつろげられている。

普段《ふだん》のその人からは到底《とうてい》信じられない。が、この顔を見間違《みまちが》うはずがない。

「――三位局《さんみのつぼね》、さま」

なおも信じられない思いで凝然《ぎょうぜん》と彼女の姿を見上げていた百合は、ふと吸いよせられるように胸元《むなもと》へ目を留めた。

くつろげられたあわせは、今にも胸の間《あわい》がのぞきそうなほどなのに――ない。

本来ならそこにある、膨《ふく》らみがないのだ。

「ははっ、まさか。男じゃ――んぅっ」

あるまいし、と続けようとしたところで、いきなり焦った形相を浮かべたその人に口を塞《ふさ》がれる。

突然《とつぜん》のことに目を白黒させる百合に、その人はちっと舌打ちすると、素早《すばや》く周囲を見回し、

「こい」

有無《うむ》を言わさぬ声と力で、妻戸の中へと百合の身体をひきずりこむ。片手で口を塞いだまま、腰《こし》に回した反対の腕《うで》一本で、だ。到底女の力ではあり得ない。

おまけに、抱《かか》えこまれる形で背中に感じるぬくもりは、ひどく固い。

――どういうこと……!?

あり得ない出来事の数々に、百合は卒倒《そっとう》寸前だった。むしろ、気を失うことができたらどんなに楽だっただろう。

「――いいか、騒ぐなよ」

騒いだらどうなるかわかっているだろうな、とうしろからのぞきこむ形で目顔で脅《おど》され、こ

くこく、と首を縦にすることしかできない。

警戒《けいかい》するようにやけにゆっくりと唇《くちびる》を塞いでいた手が離《はな》される。普段は裾《すそ》から指先がのぞく程度だったからわからなかったが、大きな掌《てのひら》は柔《やわ》らかな女性のものとは違うことに、改めて気づかされる。

今までどうして気づかなかったのかと思うほど、その人はどこまでも『男の人』だった。

「……」

どくどくと痛いほどに鼓動《こどう》が脈打っているのが、わかる。

これから自分はどうなるのかと震《ふる》える唇をひき結んだ百合の顔へと、すっと影《かげ》がさした。そろりと目をあげれば、猫を抱いた一人の青年が自分を見下ろしていた。

こくり、と喉《のど》が鳴る。

一度、遠く御簾《みす》越しに見たことがあるだけだが、まず間違いないだろう。

——この方が、東宮《とうぐう》・高良《たから》親王《しんのう》さま。

「彼女は？」

品のある優しい顔立ちに微笑《ほほえ》みまで浮かべながら発された言葉に、ぞわぞわと背中へ言い知れない感覚が走った。表情同様柔らかな声音《こわね》なのに、その奥に鋭い刃《やいば》を隠《かく》し持っているような、見た目どおりではないなにかがある。

「桐壺のところの女房《にょうぼう》だ。何度か見たことがある」

こちらは隠さない冷ややかさが、耳元をかすめる。どうしてこの声を耳あたりがいいなどと思ったのかと、百合は小さく肩《かた》を震わせた。

「たしか、式部大輔《しきぶのたいふ》実茂の女《むすめ》、だったか」

「ああ、彼か。通常は大江氏《おおえうじ》や菅原氏《すがわらうじ》がつく役職だけど、その博識から例外的に任命された人だから、よく覚えてる」

だったら大丈夫《だいじょうぶ》かな、と独り言めいた東宮の呟《つぶや》きに、どくり、と大きく鼓動が跳ねた。

今の『大丈夫』は一体どういう『大丈夫』だろうか。

放置しておいても問題ない、という『大丈夫』なのか、それとも——

「里へさがらせても、うるさく言ってくることはないだろうし。発言力のある人じゃないから、もし三位局は実は男だって言いふらされたとしても、だれも相手にしないだろう」

「まあ、こいつの口止めの必要はあるだろうがな」

「そういうわけだから——」

百合越《ご》しに不穏《ふおん》な会話を交《か》わすと、東宮はこちらにむかってにっこりと笑《え》みを深めた。

「残念だけど、あなたには里に帰ってもらうことになる」

「！　そんなっ」

宣言されたそれに、百合は背後にいる人物のことも忘れて身をのりだしていた。

「そんなの、困ります！」

「おい」

しかし、すぐに肩を摑《つか》まれてひき戻《もど》される。それでも必死に言い募る。

「ご存じのとおり、父は発言力どころか、出世欲《よく》もないんです。自然相手に楽を奏《かな》でて歌を詠《よ》むばかりで、我が家は傾《かたむ》く一方。これでは妹に結婚《けっこん》相手を見つけることもままなりません。わたしがなんとかしないと…っ」

ここで出世どころか出仕の道も閉《と》ざされたら、ますます家の立て直しが遠のくどころか、絶望的だ。

出仕してすぐ里に帰されるなど、なにかあったと告げているも同じで、そんな姉のいる妹のもとにまともな相手がかよってきてくれるはずがない。

百合はすがりつくように肩を摑む手を握《にぎ》ると、だれともわからぬ男にむき直って頭をさげた。

「お願いします！　あなたのことを黙《だま》っていろというのなら、けっして口外したりしませんから」

「――なるほど、追いだされるのは困る、と」

「はいっ」

「なら、なんでもこっちの言うことを聞くってわけだ」

「はい！……って、え？」

勢いよく応《こた》えたあと、はたと我に返る。

慌《あわ》てて顔をあげれば、男はにっと唇を吊《つ》りあげて質《たち》のよくない笑みを浮《う》かべていた。その姿には『女房の鑑《かがみ》』と呼ばれる面影《おもかげ》など、どこにもない。

「そうか……そういう手もあるね」

うしろから聞こえた声に、百合はぎこちなく背後へ首を巡《めぐ》らせた。——と、屈《かが》みこむようにしてのぞきこんできた東宮の顔に、ぎょっと息を呑《の》む。

こちらもまた愉《たの》しげに微笑んでいる。そこにも、噂《うわさ》に聞いた『穏《おだ》やかで優《やさ》しい』東宮の姿などなかった。

「ちょうどいい。色々誤魔化《ごまか》すにも、使える手がほしかったところだ」

「そうだね、君のほかに動くことのできる人手があっても損はない」

「あ、の……」

近すぎる男たちの顔と不穏さに、前もうしろも見られない。

父親以外、これほど身近に感じたことのない異性の存在に、ともすると顔が熱を持ちそうになる。が、身に迫《せま》った穏やかならざる気配を感じれば、手足から血の気がひいていく。

赤くなったり青くなったりと忙《いそが》しい百合の手を、握ったままだった男の手が逆に摑んできた。

びくっと肩を揺《ゆ》らして顔をあげると、あいも変わらぬ男のいい笑顔がある。

「ってわけだ。俺たちに協力するよな？」

「ことがすんだあかつきには、あなたが望むなら梨壺付の女官《にょかん》にとりたててもいいよ。出世、したいんでしょう？」

耳元で囁《ささや》かれ、反射的に首を竦《すく》める。

前からの脅しと、うしろからの誘惑《ゆうわく》に、

「……はい、喜んで」

そう答えるよりほか、百合に残された道はなかった。

二 ✿ 千紫万紅《せんしばんこう》

桐壺御息所《みやすどころ》の歓迎《かんげい》の意もこめて、飛香舎《ひぎょうしゃ》にて藤《ふじ》の宴《うたげ》を催《もよお》しますので、ぜひに――。

今上帝《きんじょうてい》の皇后である藤壺宮《ふじつぼのみや》こと中宮照子《ちゅうぐうしょうこ》からそんな誘《さそ》いがあったのが、藤の花がまもなく満開になろうかというころのことだった。

飛香舎は淑景舎と同じ理由で、藤壺と呼ばれている。

ゆえに、その殿舎《でんしゃ》で花見の宴が開かれることも、実質後宮の主《あるじ》である中宮が東宮の女御《にょうご》を招くことも、なんらおかしなことではなかったが、招きがあってからこちら香子はずっと機嫌《きげん》が悪かった。

「どうして、わたくしがあんな人に呼びつけられないといけないの？　歓迎するのなら、あちらからくるべきだわ」

「御息所さま、そのような物言いはお控《ひか》えください。相手は中宮さまですよ」

「あら、生まれたのがわたくしより早かったっていうだけのことでしょう？」

三位局《さんみのつぼね》に苦言を呈《てい》され、膨《ふく》れた香子がせせら笑うようにして言外に中宮を『年増』呼ばわりする。

──今日もご機嫌麗しいわ、うちの御息所さまは。

香子たちの前に衣《きぬ》を並べながら、百合は内心溜息《ためいき》だ。

自身の歓迎の宴とはいえ、その中心は『輝《かがや》く藤壺』と賞賛される中宮なのが気にいらないのだろうが、こんな調子で宴など大丈夫なのかと思わずにはいられない。

中宮の主催《しゅさい》ということもあり、上は三位以上の公卿《くぎょう》から、下は五位以上を賜《たま》わり清涼殿《せいりょうでん》への昇殿《しょうでん》を許された殿上人《てんじょうびと》まで集まる席だと聞く。不調法をしでかして恥《はじ》をかくのは香子本人だ。

「……とはいえ、東宮《とうぐう》さまの前ではつんとすましてるけどおとなしいって話だし」

密《ひそ》かに呟きながら、百合は香子の傍《そば》に控える三位局をそっとうかがった。

梨壺で見た姿が嘘《うそ》のように、一分の隙《すき》もない美女ぶりだ。

──夢だったら、よかったのに……。

今度は胸のうちに留め置けなかった嘆息《たんそく》を、百合はこっそりと吐《は》きだした。

東宮と三位局に身を偽《いつわ》る青年を前にして、百合は身を縮めるようにして二人をうかがった。

「……あの」

とりあえずこれだけははっきりさせておかなければ、と口を開いた途端《とたん》、

「なんだ」

「うん?」

二対《つい》の視線が突《つ》き刺《さ》さる。「なんでもないです」と言いそうになるのをぐっとこらえて、百合は青年の方を見やった。

「男の方、なんですよね?」

「――証明してやろうか?」

いいぜ、と笑いながらあわせに手をかけた彼に、勢いよく首を左右に振《ふ》る。

「いえっ、結構です! 髪《かみ》とかどうしてるのかなとか、ちょっと不思議に思っただけなので」

誤魔化すために適当なことを早口でまくしたてれば、青年は小さく鼻を鳴らした。

「髢《かもじ》に決まってるだろ」

髢、つまりは付け毛ということだ。本来髻《もとどり》を結《ゆ》う髪をおろし、そこに足りない分を足して、長く見せかけているらしい。

「ああ、そうだ」

そんな二人のやりとりをにこにことーー父と似たおっとりした笑い方だが、さっきの今では純粋《じゅんすい》な笑顔《えがお》には見えないーー見ていた東宮が、思いだしたとばかりに声をあげた。

「まだ、私たちのことを紹介《しょうかい》していなかったね」

いいえ、知りたくないです――と思うも、口にはできない。

知ってしまったら、いよいよ後戻《あともど》りできなくなる。とはいえ、すでにひき返すには踏《ふ》みこみすぎている。

ここまできたら、出世のためだと腹をくくるしかない。

ふう、と息をつくと、百合は怯《ひる》む心を叱咤《しった》して、目の前の二人を見据《みす》えた。

「たぶん察しはついているだろうけれど、私は高良《たから》という。一応、今はまだ東宮の座にある」

ひっかかりを覚える言葉をさらりと告げて、東宮はなんでもない風で隣《となり》の青年を示した。

「それでこちらが、左兵衛佐《さひょうえのすけ》・藤原龍臣《ふじわらのたつおみ》」

告げられた名に、百合は今し方のひっかかりも忘れて、ぽかんと三位局改め左兵衛佐と呼ばれた青年を見つめた。

「……左兵衛佐さま、ですか」

「あぁ」

百合の確認《かくにん》に、龍臣が憮然《ぶぜん》と顎《あご》をひく。

左兵衛佐とは、左右ふたつある兵衛府《ひょうえふ》――主に内裏《だいり》の外回りを守衛する役を持つ武官のうち、左兵衛府の長官に次ぐ役職を得ている者を言うが、驚《おどろ》いたのはその身分にではなかった。

「あの、関白左大臣の三郎君《さぶろうぎみ》で、左大将《さだいしょう》・藤原朱貞《あけさだ》さまの異母弟だという……？」

「――そうだ」

「え、女房《にょうぼう》たちの間で、爽《さわ》やかな春風のような公達《きんだち》だと評判の？　病がちであまり姿を見かけないのが残念だって囁かれてる？」

そっぽをむいてしまう。

信じられない思いで言葉を重ねていた百合に、龍臣はついには苦虫《にがむし》を噛《か》み潰《つぶ》したような顔でそっぽをむいてしまう。


東宮だけが二人のやりとりに、おかしくてたまらないという風情《ふぜい》で肩《かた》を震《ふる》わせていた。


「そう、その左兵衛佐だよ」

「これのどこが『爽やかな春風のような公達』なんですか⁉」

詐欺《さぎ》だ！　と時と場を忘れて言い放った百合に、東宮はこらえきれなくなったように笑いだす。


「それに『病がち』って、そんな様子」

どこにも……と続けかけて、はたと唇《くちびる》を閉じる。

もしかしたら、壮健《そうけん》そうに見えるだけでなにかあるのかもしれない。左兵衛佐が休みがち、というのは周知のことだ。

「……あの、どこかお悪いんですか？」

「――そう見えるかよ？」

「いえ、正直まったく」

胡座《あぐら》に片肘《かたひじ》をのせる形で頬杖《ほおづえ》をついていた龍臣に、横目でちらりと視線をよこされ、決めつけはよくないと思いつつも首を横に振る。

「だろうな」

そのまま視線をはずした彼に、結局どちらなのかと戸惑《とまど》っていると、ようやく笑いをおさめた東宮が代わって口を開いた。

「それは煩《わずら》わしさから逃《のが》れるために彼が被《かぶ》っている猫《ねこ》だよ」

猫、と繰《く》り返して百合は東宮の膝《ひざ》の上で丸くなる黒猫《くろねこ》へ目をおとした。

「そう。で、本性《ほんしょう》がこれ」

「おまえに人のことが言えた義理か、腹黒が」

これ、と隣を指さした指を、龍臣が叩《たた》きおとす。「ひどいな」と笑って手をさする東宮は、怒《おこ》る様子もない。

己《おのれ》の身に降りかかった出来事に気にする余裕《よゆう》もなかったが、この二人には主従を超《こ》えた気安さがあった。

「お二方は、その、ずいぶんと親しい間柄《あいだがら》のようですけど……」

「親しい？　単なる腐《くさ》れ縁《えん》だ」

「うん。かれこれ十年近いつきあいになるからね」

恐《おそ》る恐る尋《たず》ねた百合に、反対の答えが同時に返る。それに龍臣は嫌《いや》そうに顔を顰《しか》め、東宮は「ほらね」と言わんばかりの笑顔だ。

「あなたは私の出自を知っている？」

続いてむけられた突然《とつぜん》の問いに、百合は戸惑いながら首肯《しゅこう》した。

「先の帝《みかど》の二の宮さまで、ご生母は高倉御息所《たかくらのみやすどころ》さまですよね」

亡《な》くなった皇太后――先帝《せんてい》の皇后を母とする今上帝とは、年の離《はな》れた異母兄弟《きょうだい》のはずだ。

「そう。その高倉御息所がとんでもない母親でね……ああ、それはいいか」

今は関係がない、と東宮が苦笑《くしょう》する。

「先の帝が退位された際、兄上である今上帝には御子《みこ》がおられなかった。ゆえに、私が東宮の座につくことになった、ほかに男宮がいなかったからね」

それは都人ならだれもが知っていることだったから、はい、と応《こた》えるに止《とど》める。一方で、この話はどこへいくのだろうか、と困惑《こんわく》は隠《かく》せない。

「いずれ今上帝に御子がお生まれになれば、私は廃《はい》されるだろうというのが大方の見方で、東宮とはいえ将来的に得るところのない子どもと繋《つな》がりを作ろうとする人間は、実質ほとんどいなかった。厄介《やっかい》な母親がうしろにいたことも原因のひとつだろう」

近づいてくるのも、帝の覚えも得られないような者たちか、繋がりを作って損はないと考える野心的な者たちが大半だった、と聞けば自然と眉根《まゆね》がよる。

「例外的な人物の一人が、頭中将《とうのちゅうじょう》――今の左大将だった。まあ、彼は兄上と従兄弟《いとこ》同士ということもあって親しくしていたから、私のことを気にかけてくれるよう頼《たの》まれていたんだと思うけれどね。彼が童殿上《わらわてんじょう》で連れてきたのが、龍臣だよ」

童殿上とは、行儀見習《ぎょうぎみなら》いとして貴族の子弟《してい》が特別に昇殿《しょうでん》を許され、出仕することだ。

「では、そのころから？」

「そうなるね。ちょうどそのころ、龍臣も母親を亡くして左大臣家にひきとられたばかりで、左大将は年回りも同じで境遇《きょうぐう》の似た私たちなら仲良くなるだろうと思ったらしい」

結果、今のような遠慮《えんりょ》のない関係ができあがったのだという。

「けれど、龍臣は左大臣家の問題児で」

「おいっ」

それまで別の方をむいたまま面白《おもしろ》くもなさそうに聞いていた龍臣が、余計なことを言うなとばかりに口を挟《はさ》む。が、東宮《とうぐう》はおかまいなしだ。

「度々《たびたび》左大臣邸《てい》を抜《ぬ》けだしては、供もつけずに市中をうろついて。童殿上までしておいて十五と公卿《くぎょう》の子息にしては元服が遅《おそ》かったのも、その奔放《ほんぼう》さを左大臣がどうにか正そうとしたからだとか」

「――まさか、病がち、というのは」

「ふふ、彼が出仕を嫌って逃《に》げ回るための方便だよ」

明かされた事実に、百合は信じられないと目を瞠《みは》った。

龍臣は舌打ちするとばつが悪そうに身動《みじろ》いだ。

「俺はもともとそっちに近い人間だったんだ。貴族だの身分だの、余計なしがらみはうんざりなんだよ」

「……もったいない」

「――なに？」

覚えず口から零《こぼ》れでていた本音に、龍臣が怪訝《けげん》そうにこちらを見る。

しまった、と思ったものの、今さらだと百合はずいっと身をのりだした。

「そんなこと言ってると、うちの父みたいになっちゃいますよ！　うちだって元を正せば、藤原一門なんですから。それが今ではこのていたらく……家の力だろうとなんだろうと、利用できるうちに利用できるものはしておかないと」

転げおちるのは一瞬《いっしゅん》、そうなってから後悔《こうかい》しても遅いんです！

そう力説すれば、今度は龍臣がぽかんとした顔を晒《さら》す。ついで震えた唇に、怒らせたか、と身構えた百合の前で、彼はくっとこらえきれなかったように喉《のど》を鳴らした。

「……んだ、それ。普通《ふつう》、家のためにとか、貴族としての務めがとか言うところだろうが、そこは」

「たしかにね」

東宮まで一緒《いっしょ》になって肩を震わせる。

笑わせることを言ったつもりのない百合は憮然とする。

そんな彼女に、東宮は「ごめんごめん」と笑いをおさめた。

「だけど、だからこそこうやって手を貸してもらえるんだ。もともと病がちということになっているから、すこしばかり長く休んだところで変に疑われることもないしね」

「手を貸して？　命じるの間違《まちが》いだろうが」

「はあ……」

釈然《しゃくぜん》としないものの、ようやく繋がった話に、百合は顎《あご》をひいて居住まいを正した。

「今回の女御入内《にょうごじゅだい》、おかしな話だとは思わなかった？」

「おかしな、と言いますか、ずいぶんと性急だとは思いましたけど」

小首を傾《かし》げた百合に、今度は龍臣が口を開いた。

「主上《おかみ》に待望の男御子が生まれたのは知っているよね？」

「それはもちろん存じてます」

帝と中宮《ちゅうぐう》の間には姫宮《ひめみや》は二人おられたが、長く男宮には恵《めぐ》まれなかった。そこへ一昨年の冬、待ちわびた宮さまがお生まれになったのだ。

そこで百合は、あっ、と声をあげた。

「宮さまがお生まれになった今、東宮さまに女御さまをお迎《むか》えするのは、その……」

意味がない、とはさすがに言えず、言葉を濁《にご》す。

しかし、当の東宮はあっさりと頷《うなず》いた。

「うん、今さらなんだ。宮がお育ちになるまでしばらくは東宮は私のままかもしれないけれど、いずれお譲《ゆず》りすることになるのは言うまでもないことだからね」

「なのに、大納言《だいなごん》は半ば強引《ごういん》に入内を推《お》し進めたらしい。今までそんな話、言葉の端《はし》にものぼってなかったにもかかわらず、な」

そんな無茶《むちゃ》がとおったのも、それこそ東宮の立場ゆえだろう。いずれ今の地位を譲ることになると思われているからこそ、言い方は悪いが『たいしたことではない』と判断されたに違《ちが》いない。

「それがどうにもひっかかってね」

「——もしかして、ですけど」

二人の言うことももっともだと思いつつ、一応考えられる可能性をあげてみる。

「きたるべき時に備えて、東宮さまの後ろ盾《だて》となるおつもり、とか」

東宮の母親である高倉御息所はもとは後宮に仕える女房《にょうぼう》で、その美しさが先帝の目に留まり、妃《きさき》となった人だ。本人の後宮での地位も女御の下の更衣《こうい》と高くはなく、実家の力も強くなかったと聞く。

いずれ東宮の座が御子へと移され、異母弟を臣籍《しんせき》へと降下することになったとしても、今上《きんじょう》帝《てい》ならば冷遇《れいぐう》するような真似《まね》はなさらないだろうが、強い後ろ盾があるのなら越したことはない。

百合の意見に、ああ……と二人は互《たが》いの目を見交《みか》わした。

「主上は、もしかしたらその点も踏《ふ》まえて大納言の意見をいれたのかもしれないけれど、ね」

そう東宮が苦笑すれば、

「あれがそんな殊勝《しゅしょう》な玉かよ。親が持ってた右大臣の座を、中宮の父親である今の右大臣にかっ攫《さら》われたんだ。相当燻《くすぶ》ってるはずだ」

それならまだわがまま女をこいつに押しつけたっていう方が現実みがある、と龍臣が吐《は》き捨てる。

「そう、ですよね」

百合としても本気で考えたわけではない。

しかし、だとしたら大納言はなにを考えて娘《むすめ》を入内させたのだろう？

「うん、それを探《さぐ》るために龍臣を桐壺へ送りこんだんだ。後宮内は女性の身の方が怪《あや》しまれずに動けるし、傍《そば》近くにいればだれとどんなやりとりをしているかもわかるだろう？」

「！」

まるで思考を読んだかのように返った言葉に、百合はとっさに口元を押さえる。

──わたし、声にだしてた⁉

「表情からばればれなんだよ。──ったく、こんなんで大丈夫《だいじょうぶ》か？」

今度は龍臣が呆《あき》れた顔つきになる。

どうやらすべて顔にでていたらしい、と気づき、百合は扇《おうぎ》で面《おもて》を隠したい衝動《しょうどう》に駆《か》られる。

だがそれも今さらすぎた。

「まあまあ、君も男だとばれないようにするには、人手があった方が都合がいいのはたしかだし」

「そもそもおまえがこんな厄介《やっかい》なこと命じなかったら、すんだ話だろうが」

「あの…っ、気をつけますので！」

ここで使えないと追い返されるのは避《さ》けなければ、と勢いこんで告げた百合に、応酬《おうしゅう》していた龍臣は舌打ちし、東宮はいい笑顔をむけた。

「期待しているよ。大納言家や香子姫の動向は龍臣——三位局《さんみのつぼね》が探るから、君は彼女の手助けを」

「ついでに、ほかの女房なんかの桐壺内の様子にも目を光らせておけ。なにか怪しいことがあったら報《しら》せろ」

「かしこまりました」

役割を指示され、改めて気をひき締《し》める。

政治的な陰謀《いんぼう》などなんだのは、そんなものとはかけ離《はな》れた場所にいたため、正直ぴんとこない。

しかし、改めて考えてみると、大納言がどんな意図をもって娘の入内を推し進めたのかというのは、たしかに気にかかった。なにもないなら、それが一番だ。

とりあえず、家のため妹のためにも、不用意な真似はできないと肝《きも》に銘《めい》じる。

「では、今日のところはこれで、」

「あ、そういえば」

失礼いたします、と言いかけたところを、ふいにあがった東宮の声に遮《さえぎ》られる。

「まだ、あなたの名前を聞いていなかったね」

「——失礼いたしました。藤原実茂の女《むすめ》、深草式部と申します」

「うん、それで？」

思いださなくてもよかったのに、と思いつつ頭《こうべ》を垂れた百合に、東宮はさらに言葉を重ねた。

言外に女房名ではなく本名を要求されているのだと気づいて、伏《ふ》せた面の下で頬《ほお》がひきつる。

そんなものを知る必要はないだろう、と内心苦むものの、答えないという選択肢《せんたくし》はやはりどこを探してもなかった。

「……百合、と申します」

渋々《しぶしぶ》名乗って顔をあげた百合の目の前には、見惚《みほ》れるようなふたつの笑顔があった。

「そうか。裏切ったり下手をうったら、わかってるよな、百合？」

「これからよろしくね、百合」

猫《ねこ》のことなど放《ほう》っておけばよかった……と返す返すも思わずにはいられない。

「——はい」

なんとかそれだけ口にすると、百合はやっとの思いで梨壺をあとにした。

それが昨晩のことだ。

改めてこうして三位局を見てみると、淑《しと》やかに見える仕草の数々が男性的な特徴《とくちょう》を極力隠《かく》すためのものであることがわかる。袖口《そでぐち》から控《ひか》えめにのぞく指先然《しか》り、うつむきがちに伏せられている面然りだ。

ついまじまじと見てしまいそうになるところを無理矢理《むりやり》視線をひき剝《は》がし、百合は整った準備に香子の傍に控える彼女の乳兄弟《ちきょうだい》でもある女房へと合図を送った。

「御息所《みやすどころ》さま。用意が整いました」

それを受けて、彼女が香子へと声をかけた。

これから藤壺での宴《うたげ》で召《め》す装束《しょうぞく》を相談することになっていた。

香子自身が纏《まと》う衣裳《いしょう》はもちろんだが、ここで重要になるのは彼女につき従う女房たちの衣裳だ。

高貴な女性たちは通常、御簾《みす》や几帳《きちょう》の奥にいて男性に顔を晒《さら》すことはない。宮仕えをしている女房たちは例外的とも言えるが、宴などは前庭や縁《えん》に居並ぶ男性陣《じん》に対し、女性たちは御簾越《ご》しに参加することになる。

その際、打出《うちいだし》や押出《おしいだし》といって御簾の下から衣《きぬ》の裾《すそ》や袖口をのぞかせるのだ。それによって女性美を表現するのである。

となれば、纏《まと》う衣が重要になってくるのは言うまでもない。

帝《みかど》や后妃《こうひ》たちに仕える女房たちは、普段着《ふだんぎ》の主《あるじ》たちとは反対に常日ごろから略式の正装を纏っている。緋色《ひいろ》の袴《はかま》をはき、下着である単衣《ひとえ》の上に、重袿《かさねうちき》、打衣《うちぎぬ》、表着《うわぎ》を順に身につけ、さらに肩《かた》をわずかに脱《ぬ》ぐようにして唐衣《からぎぬ》を羽織り、長く裾をひく裳《も》をつける、いわゆる十二単《ひとえ》だ。

これらの衣を襟元《えりもと》や裾、袖口をすこしずつずらして纏い——必然的に下になる衣ほど裾や袖《そで》が長くなる——そこからのぞく色の重なり、つまりはかさねの色目で優美さを表現し、競《きそ》いあうのだ。

それらは普段《ふだん》は個々人の裁量だが、公《おおやけ》の場となると話は別だ。

女房たちがどんな衣裳を纏うか、ということが、主である香子の美的な感性を示すことに繋《つな》がるのである。

とはいえ、実際用意したのは百合たち女房だが。

「此度《こたび》は、躑躅《つつじ》のかさねを中心に、」

パチン！

ご用意いたしました、と皆《みな》まで告げる前に、鋭《するど》く扇を閉じる音に遮られる。

ずらりと並べられた色とりどりの衣を一瞥《いちべつ》した香子は、きゅっと眉《まゆ》をよせると、閉じた扇を改めて開いて口元を覆《おお》った。見たくもないとばかりに目をそらすと、これ見よがしに溜息《ためいき》をつく。

「──これだから、下々の者は」

常識も知らないなんて、と耳に届いたあからさまに莫迦《ばか》にした呟《つぶや》きに、百合の肩がぴくりと動く。

あなたにだけは言われたくない！　と喉元《のどもと》まであがってきた言葉をなんとか飲みくだす。なにはともあれ、気にいらない、という意思だけは嫌《いや》というほど伝わってくる。

そんな百合の内心を知ってか知らずか、香子は声同様莫迦にしきった目つきを扇越《おうぎご》しに送ってきた。

「あなた、今回の宴がなんの宴か知っていて？」

「もちろんでございます」

「まあぁっ」

百合が答えた直後、甲高《かんだか》い声をあげたのはとりまきの女房《にょうぼう》たちだった。

「知っていながら、これを用意したというの!?」

「御息所さまに恥《はじ》をかかせる気？　『藤《ふじ》』の宴で『躑躅』だなんて…っ」

香子の代わりに口々に喚《わめ》きたてるとりまきに、耳の奥がキンッとする。

百合はでかかった溜息をこれまたこらえて、「おそれながら」と口撃《こうげき》を縫《ぬ》うようにして口を開いた。

「だからこそ、こちらの色目をご用意しました」

「な…っ」

一瞬《いっしゅん》絶句した女房たちの顔が、見る見る赤く染まっていく。

「なんということでしょう！　お聞きになりました、今の？」

「わざと恥をかかせるつもりだったなんて、恐ろしい…っ」

「いえ、ですから――」

さきほど以上の剣幕《けんまく》の彼女たちに、こちらの意図を説明しようとした時、ぱしりっ、と飛んできたなにかが腕《うで》にあたった。

痛くはなかったが驚《おどろ》いて身を退《ひ》いた百合の目に、おちた扇が映る。

「ひどいわ！　わたくしに藤が似合わないとでも言いたいの？」

「そのようなことは、けしてっ」

とっさに「表情からばれればばれ」と称《しょう》された面《おもて》を伏せる。内心どう思っているかなど、さすがにこの場でだすわけにはいかない。

「なら、つべこべ言わず――」

「――わたくしは、よいと思いますけれど」

藤のかさねを用意なさい、と続くはずだったのだろう香子の声が、静かに遮られる。

大きいわけでも、荒《あら》げているわけでもないそれは不思議と響《ひび》き、香子を含《ふく》めた居合わせただれもが声の主へと目をむけた。

「三位《さんみ》の……今の、どういう意味かしら」

「わたくしはこれらの躑躅のかさね、よいのではないか、と」

「藤の宴なのよ⁉」

「深草式部も申しましたが、だからこそです」

ふるふると怒《いか》りにか震《ふる》える香子とは対照的に、三位局はあくまで淡々《たんたん》としていた。

「藤壺で開かれる藤花の宴ともなれば、当然藤壺宮さまは藤のお召し物で揃《そろ》えられるでしょう。公卿《くぎょう》たちも例に漏《も》れないかと」

彼女（？）の言葉に、百合は心の中で大きく頷《うなず》いた。

中宮《ちゅうぐう》である藤壺宮が藤で彩《いろど》れば、当然集まった参加者たちは褒《ほ》め称《たた》えるだろう。香子が主張をとおして藤で装束を揃えたとしても、二番手に甘んじることになるのは目に見えている。それがどんなに素晴《すば》らしかったとしても、だ。後宮の主が中宮である以上、そちらをさし置いて東宮《とうぐう》の女御《にょうご》を褒めるわけにはいかない。

となれば、香子の機嫌《きげん》を損《そこ》ねることになるのも自明の理だった。

だからこそ、あえて藤は譲《ゆず》り、花の色も鮮《あざ》やかな躑躅を選んだのだ。

だが、自分こそが一番と信じている香子には、通じなかったらしい。

「いやぁね、なにをあたりまえのことを。だから、わたくしも藤でなくては」

「御息所さまは、皆さま方と同じでよろしいのですか？」

すっと香子の方を流し見た三位局に、彼女の表情がぴくりと動いた。

「同じ……？」

「その点」と独り言のように言いながら、三位局は視線と指先を近くにあった衣へと滑《すべ》らせた。

「こちらの躑躅なら、そのようなことはないか、と。それに――」

「それに、なんなの？」

意味深に言を切った三位局に、香子が焦《じ》れたように先を促《うなが》した。

「この色みには、若い華《はな》やぎがありますもの」

「……！」

あるかなしかの微笑《ほほえ》みを浮《う》かべた三位局に、百合はひくりと頰《ほお》をひきつらせそうになった。

――この人……言外に『おまえに藤のおちつきがまとえるわけないだろ』って言ってる。

若い華やぎと言ったら聞こえはいいが、ようはおちつきがないということだ。さきほど中宮を年増呼ばわりした香子の逆をいっている。

しかし、言われた当の本人は聞こえのいい言葉しか聞かなかったらしかった。三位局の言に、まんざらでもない顔つきになるのがわかった。

「そう、ね……皆が皆同じというのも芸がないものね」

いいわ、これでいきましょう。

うまく丸めこまれ、あっというまに言を翻《ひるがえ》した香子に、百合は色々な意味でほっと胸をなでおろしたのだった。


藤壺の南庭の藤は見事な花の盛りを迎《むか》えていた。

淡《あわ》い紫色《むらさきいろ》の小さな花が連なった花房《はなぶさ》の数々が長く垂れ、風にそよぐさまは、古《いにしえ》から歌人たちに『藤波《ふじなみ》』と称される風景そのものだ。

あるいは紫の雲のように頭上に広がるのを見上げていると、幽玄《ゆうげん》の世界へ迷いこんだかのような心地《ここち》になる。夜ともなると、篝火《かがりび》に浮かびあがるさまが一層そんな思いを抱《いだ》かせるに違《ちが》いない。

ただ、今日ばかりは頭上にばかり目を奪《うば》われているわけにもいかなかった。

庭に面した南廂《みなみびさし》の御簾《みす》には、ずらりと後宮の花が咲《さ》き誇《ほこ》っていた。

中宮のおられる御簾からのぞくのは、本日の主役である藤を模した装束《しょうぞく》の数々だ。

紫の下に薄《うす》い紫を重ねて、さらに白の表地に裏地である紫がほんのり透《す》ける袿《うちき》をあわせ、白の生絹《すずし》の単衣《ひとえ》を纏《まと》った者。

単衣の色だけを朱色《しゅいろ》へと変えた者もあれば、上に表萌黄《もえぎ》、裏紫の松のかさねを羽織り、みずみずしい葉の色を纏《まと》う者もある。

ひとえに『藤』といっても、十二単《ひとえ》の色の組みあわせから、袿自体のかさねの色目までさまざまに変化がある。

上品でありながらも目にあやな装束の数々に、参加の栄誉《えいよ》に預かった者たちは「さすがは、『輝《かがや》く藤壺』よ」と口々に褒め称える。

一方で、一際《ひときわ》の華やぎに満ちているのが東宮の女御に与《あた》えられたあたりだった。

「ほお……躑躅《つつじ》ですか」

「いやはや、今をときめく桐壺御息所《みやすどころ》さまにふさわしい華やかさですな」

そんな囁《ささや》きとともにくれられる視線の先には、とりどりの躑躅が咲き零《こぼ》れていた。

上から紅《くれない》に薄紅《うすべに》、さらに淡い色を重ねていき、白い単衣との間に緑の濃淡《のうたん》をさし挟《はさ》む、躑躅のかさね。

同じ組みあわせでもぱっと目に鮮やかな紅を、おちついた紫がかった蘇芳《すおう》の濃淡へと変えたのは、餅《もち》躑躅だ。

さらに赤みがかった黄である山吹《やまぶき》のかさねを用いたものから、藤の宴《うたげ》にふさわしく表薄紫《うすむらさき》、裏萌黄の藤のかさねを使ったものまで、同じ『躑躅』でもこちらは『藤』とは違って色もさまざまだ。

まさに百花繚乱《ひゃっかりょうらん》ともいうべき華やかさではあるが、おちついた色みが多いこともあってか派手派手しさはない。

それに意外さを覚える者から、噂《うわさ》に聞く女御とはすこし違うようだと思う者まで、こちらもさまざまだ。

宴とはいえ、ここもまた宮中。

思惑《おもわく》と花々のいり乱れる中、藤花《とうか》の宴は幕を開けた。


南廂で花のひとつとして座しながら、百合は宴がはじまってからこちらご機嫌な様子の香子を見やり、安堵《あんど》の息をついた。

「これで失笑《しっしょう》を買ってたら、それこそ扇を投げつけられるどころじゃすまなかったし」

藤をさしいれつつもあくまで躑躅に徹《てっ》した差配に、桐壺御息所は分を弁《わきま》えていると貴族たちには概《おお》ね好意的に受け止められたようだ。

また、今上帝《きんじょうてい》には寵愛《ちょうあい》深い中宮のほかに女御が二人いるが、その方たちと被《かぶ》らなかったことも、香子がご満悦《まんえつ》な理由のひとつだ。

どれだけ自分がほかの者より優位に立てるか。

見えない火花がばちばちと散る、後宮における優位性の争いにそら恐《おそ》ろしさを感じずにはいられない。今までそういう世界とは無縁《むえん》だっただけに、なおさらだ。

他《ほか》の女御方《がた》の女房《にょうぼう》たちからよこされる、遠くからでも刺々《とげとげ》しさがわかる視線に小さく身震《みぶる》いしつつ、百合は御簾の外へと目をやった。

ここからでは尊顔を見ることは適《かな》わないが、帝《みかど》も参加されているだけに列席者の顔ぶれもそうそうたるものだ。

——あれが、左大臣さまよね。

さりげなく首を巡《めぐ》らせて、帝の傍《そば》近くにある老年の域にさしかかろうかという公卿に目を留めた。

——三位局……じゃなくて、左兵衛佐《さひょうえのすけ》さまの父上。

貴族に妻が複数いるなどあたりまえといえばあたりまえのことだが、宰相《さいしょう》の中将《ちゅうじょう》の北の方や龍臣の生《お》いたちを知ると、なんとも言えない気分になる。

「……色好みはいい男だって言われるけど、わたしは誠実な人の方がいいや」

ぼそりと口の中で呟《つぶや》いて、百合はその反対側にいる似たような年回りの男性へと視線を移した。

——で、こっちが右大臣さま、と。藤壺宮さまの父上の……。

先日耳にいれた話では、香子の父である大納言《だいなごん》の目下の仇敵《きゅうてき》だ。娘《むすめ》である照子が待望の男宮を授《さず》かった今、一番勢いにのっている公卿と言っても過言ではないだろう。

その時、控《ひか》えめではあるが華やいだ女房たちの声があがった。

「？　どうされたの？」

「嫌《いや》だ、聞いていなかったの？　主上《おかみ》のご所望《しょもう》があって、宰相の中将さまの笛で左大将さまが一差し舞《ま》われるのよ」

隣《となり》にいた女房から返った言葉を受けるようにして、参列者の中から立ちあがった者たちがあった。

「あれが……」

話に聞いたことはあっても実際にははじめて目にする二人を、百合はまじまじと見やった。

「左大将さまは、中納言《ちゅうなごん》の職も兼任《けんにん》なさってるのよね？　まだ、お若く見えるけれど」

三十路《みそじ》にかかるかどうか、といったところだろうか。東宮《とうぐう》がその座を拝したばかりのころすでに頭中将《とうのちゅうじょう》だったというのだから、異母弟の龍臣とはかなり年が離《はな》れている。

が、それを感じさせない雅《みやび》やかさというのだろうか、年甲斐《としがい》もない軽薄《けいはく》さとは違う艶《あで》な雰囲《ふんい》気《き》があった。

三位局《さんみのつぼね》としてほとんど違和感《いわかん》を感じさせない中性的な龍臣とは違い、これぞ男の色気というものを醸《かも》しだしている。

「ええ、そう。だから、本来ならこんなことをなさるお立場ではないのでしょうけど、お若くしてその地位に就《つ》かれただけあって身軽に応じてくださって。それに主上の信が厚いだけでなく、従弟《いとこ》という立場で気易《きやす》い間柄《あいだがら》でもあられるそうだから」

「そうそう。しかも、よ」

二人の会話に我慢《がまん》できなくなったように、隣の女房のむこうから頰《ほお》を紅潮させた別の同僚《どうりょう》が顔をのぞかせる。

「宰相の中将さまは、かつて中宮さまにその笛の音をして『花』とおっしゃらせたほどの技量の持ち主なのだとか。けれど、左大将さまとは逆に気難しい方だから、めったにその音色を披《ひ》露《ろう》してはくださらないという話よ」

私たちは運がいいわ、とはしゃぐ同僚たちをよそに、さすがかつて『銀《しろがね》の少将』と揶揄《やゆ》されただけあって気難しいのか、と百合は笛を構える男性へと視線を移した。

宰相の中将とは、中納言に次ぐ官職の参議と近衛《このえの》中将《ちゅうじょう》を兼《か》ねた者のことをいう。当然優秀《ゆうしゅう》でなくては与えられない地位だ。

笑《え》みを含《ふく》むような左大将とは違い、にこりともしない冷ややかな顔つきは、今も『銀』が健在だと思わせる。けれど、その地位といい、左大将とともに指名を受けたことといい、彼の人もまた帝の覚えもめでたいことがうかがえた。

——それに主上に直談判《じかだんぱん》して、実質の妃《きさき》候補である尚侍《ないしのかみ》をぜひにと妻にもらい受けたくらいだもの。冷たいだけの人なわけないよね。

宰相の中将には今も北の方のほかに妻はいないという。

その点も含め、都の子女の間で憧《あこが》れの恋物語《こいものがたり》として噂される人物だと思うと、この人が……と凝視《ぎょうし》してしまう。

やがて夜の静寂《せいじゃく》に、涼《すず》やかな笛の音が響《ひび》き、左大将が手にした扇《おうぎ》をすい——と滑《すべ》らせた。その音色ひとつ、動作ひとつに、目が吸いよせられるように惹《ひ》きつけられる。

「これは……」

運がいい、とはしゃぐ同僚たちの気持ちもわかる。当の彼女たちも今は魅入《みい》られたように幽《ゆう》玄《げん》な雰囲気に見惚《みと》れている。

「——にしても、この場に左兵衛佐さまがいらっしゃらないのは、残念なこと」

……え？

その中で密《ひそ》やかに耳に届いた声に、百合は隣の御簾《みす》の方を振《ふ》り返っていた。

「ええ、兄君の左大将さまのお若いころとはまた違《ちが》った颯爽《さっそう》たるお姿は、清々《すがすが》しさが匂《にお》いたつようで」

「なんでも、長く臥《ふ》せっていらっしゃるとか」

思わずたてていた聞き耳に届いた、まあ……と容態《ようだい》を案ずる嘆息《たんそく》に、三位局の方をむきかけてはたと留《とど》まる。

だれが見聞きしているかわからない場で迂闊《うかつ》な態度はとれない。それをきっかけに彼女に疑《ぎ》惑《わく》がむけられでもしたら、どんな目にあわされるか知れたものではなかった。

――いけない、宴の雰囲気にあてられてちょっと浮《う》かれてるわ。

あまり浮《うわ》ついていると、自分に甘く他人に辛《から》い香子にも見咎《みとが》められ、みっともない、と不興を買うことにもなりかねない。せっかくご機嫌《きげん》なのだ、損《そこ》なうようなことは避《さ》けたかった。

しかし、そんな百合の――桐壺付の女房たちの思いは、ほどなく、だれからともなくあがった余計な一言に打ち破られることになった。

「今度はぜひ、後宮の方々の楽の音をお聞きしたいものですな」

左大将と宰相の中将の共演が終わり、夜気に残る余韻《よいん》が消えていく中、代わるようにあがった声に、「おお、それはいい」と次々と賛同があがる。

「――女楽《じょがく》か」

それらの声を受け吟味《ぎんみ》するように呟いた帝に、百合は周囲の女房たちと密かに目を見交《みか》わした。

――楽って……。

ひしひしと嫌な予感がする。

女楽は内教坊《ないきょうぼう》と呼ばれる場で楽や舞《まい》の修練を積む妓女《ぎじょ》たちにおこなわせることもあるが、後宮の方々とは、この場合后妃《こうひ》たちのことだ。

香子が時折和琴《わごん》を爪弾《つまび》いているのは聞いたことがある。とりまきの女房たちは絶賛していたが、父の音色である意味耳の肥えた百合にとっては『弾《ひ》けている』という程度の音でしかなかった。

ほかの楽器も嗜《たしな》みとして修めてはいるのだろうが、実力のほどはわからない。

「藤壺は和琴が得意だったな」

続いた帝《みかど》の一言に、百合たちは表情をこわばらせた。

これは実質、女楽を求める鶴《つる》の一声にほかならなかった。

あっというまに、では誰《だれ》それは琴《きん》の琴を、ならばこちらは箏《そう》の琴をと、二人の女御《にょうご》に楽器が振り分けられる。

通常、女楽は和琴、琴、箏の三種の琴と琵琶で演奏される。

この場にいる后妃は東宮の女御である香子を含めて、四人。楽器も四面。

となれば、残るひとつである琵琶は、同じく残りの一人である桐壺御息所《みやすどころ》に、ということになる。

「……」

そろりと香子をうかがった百合は、やっぱり……と肩《かた》をおとした。

さきほどまでご機嫌だった女主人の顔には、ありありと不満が描《えが》かれていた。

「いやよ、琵琶なんて」

「み、御息所さま…っ」

のみならず、拒絶《きょぜつ》を投げつけ、ふんっとそっぽをむいた香子に、いつもは追従するとりまきにはいかない。

たちがおろおろと慌《あわ》てた。

声を低めてはいるものの、帝や東宮の耳に届かないとはいえない。おまけに帝のお声がかりがあり、中宮《ちゅうぐう》や女御方《かた》は応じているのだ。香子一人が拒絶するわけにはいかない。

「琵琶なんてみっともないもの」

琵琶は床《ゆか》に据《す》えて奏《かな》でる琴と違い、楽器自体を抱《かか》えて演奏することになる。その姿が美しくない、と言っているのだ。

——みっともない？　弾けなくてみっともない、の間違《まちが》いでしょ。

どうせだれにも見えはしないのだから、とは声にできない心の声だ。

「どうしてもっていうのであれば、わたくしは和琴がいいわ」

さらにとんでもないことを言いだした香子に、もはやとりまきたちは言葉もない。

よりにもよって中宮の得手をよこせと言うのだから、それはそうだろう。

四人の中で力関係が一番下なのは、間違いなく香子だ。いつものわがままがまかりとおる場ではない。

そうこうしている間にも、こんなこともあろうかともともと準備されていたのか、楽器が運びこまれてくる。

当然のように香子の御簾の前には琵琶が持ってこられ、「こちらを……」と捲《めく》りあげられた御簾の端《はし》から中へとさしいれられる。

一番端にいて必然的に受けとることになった百合は、己《おのれ》の不運を嘆《なげ》いた。

「……これを御息所さまのところへ持っていけって？」

抱えた琵琶を見下ろして、口の中で呟《つぶや》く。

ちらっと隣《となり》へ視線をむけるが、慌てたようにそらされた顔は関《かか》わることを拒絶していた。百合とて同じ立場ならそうするだろう。

香子からは見えない位置で重く嘆息して、百合はのそりと立ちあがった。いつまでも抱えているわけにはいかない。

「御息所さま、こちらをお使いくださいとの」

「和琴を持ってきて」

皆《みな》まで言う前にけんもほろろに遮《さえぎ》られる。この主《あるじ》はそれが通じると本気で思っているのだろうか。

「けれど……」

「──御息所さま。仮にも御前《ごぜん》でそのような振るまいはお控《ひか》えください」

琵琶を抱えて途方《とほう》に暮れていた百合は、低くぴしゃりと耳を打ったそれに、はっと横を見下ろした。今まで黙《だま》って見守っていた三位局《さんみのつぼね》が、静かなまなざしで香子を見据《みす》えている。

案の定というべきか、香子はますます脹《ふく》れっ面《つら》になった。

「わたくしはただ琵琶は嫌《いや》と言っているだけよ。だって、わたくしには似合わないでしょう？ねえ、皆もそう思うわよね？」

「い、いえ、ええ、その……」

香子と三位局の視線に、とりまきたちは是《ぜ》とも否《いな》ともつかぬ応《こた》えだ。

煮《に》えきらない女房《にょうぼう》たちに、香子は彼女たちを睨《にら》みつけたあと、よよっと袖《そで》で顔を覆《おお》った。

「ひどいわ……みんなして、わたくしに恥《はじ》をかかせようだなんて」

「そ、そのようなことはけして…っ」

「さようですっ、琵琶を弾《ひ》くお姿などどなたもご覧には――」

泣きおとしへと策を変えた香子を、とりまきたちがおたおたととりなす。

途端《とたん》、香子がぱっと顔をあげた。

「そうよ！」

涙《なみだ》の跡《あと》ひとつない面《おもて》に笑《え》みを浮かべ、両手をあわせる。うって変わったはしゃいだ様子からは、ろくでもない予感しかしなかった。

「そんなに言うなら、三位局、あなたが弾けばいいのよ」

「……わたくしが、ですか？」

一拍置《いっぱくお》いて問い返した三位局には、そうとわからない程度の呆《あき》れが滲《にじ》んでいる。

肌《はだ》でそれを感じた百合は、ひきつりそうになる頰《ほお》をなんとかこらえた。

――うわー、この人絶対心の中で舌打ちしてる。

だが、香子は感じないのか無視しているのか、朗《ほが》らかに続けた。

「見えないのだから、だれが弾いても同じでしょう？」

「御息所さま」

「これは命令よ」

低められた呼びかけに小言の気配を感じたのか、三位局へと香子が居丈高《いたけだか》に命じる。

「おまえも。早くそれをあれに渡《わた》しなさい」

そう、こちらにむかって扇《おうぎ》を振《ふ》られ、百合は立ちつくしたまま逡巡《しゅんじゅん》した。

――この人、琵琶弾けるの？　いや、心得くらいあるんだろうけど。いっそわたしが弾いた方が……。

琵琶は父から手ほどきを受けている。だれが弾いても同じならここは替《か》わった方が、と案じる視線をむけると、こちらを見上げた三位局と目があった。

こちらが揉《も》めている間にも決められたらしい曲目が御簾《みすご》越しに伝えられる。

「あの、」

思い切って口を開こうとした百合に、三位局は細く嘆息《たんそく》すると、

「こちらへ」

琵琶をよこせ、と暗に告げられる。これ以上揉めている猶予《ゆうよ》はない、と判断したのだろう。

百合は膝《ひざ》を折って琵琶をさしだしながら、低く囁《ささや》いた。

「――よろしいのですか？」

「わたくし程度の腕《うで》で、御息所さまの代わりが務まるとは思えませんけれど」

『こうなったらしかたない』と苦む別の声が被《かぶ》って聞こえたのは、自分がこの人物の正体を知っているからだろう。

「ほら、早く。ほかの方々をお待たせするなんて、失礼でしょう？」

嬉々《きき》として準備を促《うなが》す香子に、だれのせいだと思ってるんだ、と苦々しさが抑《おさ》えきれない。

「――顔」

琵琶を渡して身を離《はな》す寸前、ぼそり、と耳元で囁かれたそれに、はっとする。つい顔にまででていたらしい。

百合はうしろへさがりながら誤魔化《ごまか》すように面を伏《ふ》せ――つい、と眉《まゆ》をよせた。

――？　なんだろ……。

自然目にはいった琵琶に違和感《いわかん》を覚える。

いつも見ていた父の愛器ではないからだろうか、と小さく首を傾《かし》げるが、ひっかかりが拭《ぬぐ》いきれない。

そんな百合を尻目《しりめ》に、三位局は手早く絃《げん》の張りを調整していく。その手慣れたさまに、心配は杞憂《きゆう》だったと思う一方で、なんとなくじっと琵琶を見つめてしまう。

「なにをしてるの、早くさがりなさい」

「あ……申しわけございません」

ここで押し問答が繰《く》り広げられていた間にほかの方々の調整は終わっていたらしく、周囲は琵琶を待つばかりになっている。

香子に咎《とが》められ、立ちあがろうとしたのと、「お待たせいたしました」と三位局の準備が整うのがほぼ同時だった。

「では――」

おそらくは中宮の声だろう。合図とともに、和琴《わごん》の音が夜気を震《ふる》わせた。

はじまってしまった楽に慌《あわ》てて辞去しようとした百合は、その絃の音に弾《はじ》かれたように琵琶へ目を戻《もど》した。

――そうか！　絃だ。

違和感の正体は、一本だけ絃が不自然にささくれたようになっていることだった。

琵琶は撥《ばち》で絃を弾いて音を鳴らす楽器だ。あんな絃に撥をあてたら、途中《とちゅう》で切れてしまうかもしれない。

「待っ」

気づいたそれに慌てて止めようとした時にはすでに遅《おそ》く、三位局は和琴にあわせて琵琶を響《ひび》かせていた。

——どうしよう⁉

百合は焦《あせ》りを覚える。

今さら止めたら、いらだった顔でこちらを睨みつけている香子——桐壺御息所《みやすどころ》が恥をかくことになる。しかし、もとはといえば彼女が弾く予定で持ってこられたものだ。危険が見過ごされた、というのは問題だ。

いや、もしかしたら……と別の可能性が閃《ひらめ》いたところで、件《くだん》の絃がいよいよ危ないことを見とる。そこへ撥があてられたら、ひとたまりもなかった。

「危ない！」

「——っ」

百合がとっさに撥を握《にぎ》る三位局の手を払《はら》おうとした時、絃がブツリと切れた。

「つっ」

直後、手に焼けるとも切れるともつかない鋭《するど》い痛みが走る。

「百合ッ」

「キャアァッ」

反射的にだろう、三位局、というより龍臣があげた声は、同時にあがった香子の悲鳴にかき消された。

驚《おどろ》いたにしては大げさなそれに、なんであなたが、と呆れるより先に、助かった、と思う。

不自然な音とともにピタリと音色が止まったかと思うとあがった悲鳴に、なにごとかと周囲が大きくざわつく。

「おまっ——あなた、怪我《けが》して…っ」

「大丈夫《だいじょうぶ》。すこし切れただけです」

素《す》の叫《さけ》びを呑《の》みこんで腰《こし》を浮《う》かせた三位局に、じんじんと痛む手を袖で押さえてたいしたことはない、と首を振る。

「なにが？」「琵琶の絃が切れたらしい」「では、桐壺の方さまがお怪我を？」とざわめきが広がる中、険しい顔つきをした三位局《さんみのつぼね》が琵琶を床《ゆか》に置くとすっと立ちあがった。

「ちょっと…っ、一体なにが」

わずかに青い顔をしながらもことを追及《ついきゅう》しようとした香子を、毅然《きぜん》と見下ろす。

「深草式部を連れてさがります。宴《うたげ》を血で穢《けが》すわけにはまいりませんので」

暗に怪我をしていると告げた三位局の有無《うむ》を言わせぬ雰囲気《ふんいき》に、

「そ、そう。わかったわ」

香子は気圧《けお》されたように顎《あご》をひいた。

「さあ、いきましょう」

「い、いえ、わたしは一人で」

大丈夫ですから、と続けようとした遠慮《えんりょ》は、鋭くよこされた一瞥《いちべつ》に霧散《むさん》する。

そのまま喧騒《けんそう》を避《さ》けるように東廂《ひがしびさし》の方へと抜《ぬ》けた百合たちの背へ、くすくすと忍《しの》び笑うような声が届いた。

「琵琶の絃が切れたのですって」

「まあ、なんてお気の毒な」

どう聞いても嘲笑《あざわら》っているようにしか聞こえないそれは、どこかの女房《にょうぼう》たちのものだ。

思わず振り返りかけたところで、「いくぞ」と低い声が背を押して促してくる。

「……今のって」

「ああ、中宮《ちゅうぐう》だか女御《にょうご》だかのところの女房だろうな」

とりあえず殿舎《でんしゃ》の裏側へと回り、人の気配が遠ざかったところで、ちらりとうしろをうかがえば頷《うなず》きが返る。

「ということは、やっぱり」

「やっぱり？——そういえば、おまえ、やけに琵琶を気にかけてたな」

どういう意味だと返った刺《さ》すような眼光に、百合は小さく首を竦《すく》めた。

「その……あの琵琶に違和感があって、あなたが弾《ひ》きはじめる直前に絃の一部がささくれてるのに気づいたの。たしかに撥があたる部分ではあったんだけど、自然に劣化《れっか》したにしては不自然で」

「——だれかが仕組んだんじゃないか、ってか」

続けられたそれに遠慮がちに首肯《しゅこう》すれば、はあ、と嘆息が返った。

「あり得《う》る話だ。怪我をさせるまで狙《ねら》ったかどうかはさだかじゃないが、恥《はじ》をかかせてやろうぐらいは企《たくら》んでてもおかしくない」

そういう場所だ、内裏《ここ》は。

あっさり得られた同意に、百合は改めてそら恐《おそ》ろしさを感じる。

主《あるじ》が命じたのか、女房たちが自ら動いたのか、はたまた裏で糸をひく別の者がいるのかはわからないが、自身の有利のために足を引っ張り合う場所なのだ、ここは。

女楽を、とあがった声からして仕組まれたものであってもおかしくはない。

「それより、おまえ、どういうつもりだ？」

「どういう？」

ふいに真顔になって問いつめてきた三位局――いや、龍臣に、瞬《またた》く。

「なんで危ないってわかってて手をだした？　手だったからまだしも、顔に傷でもついたらどうするつもりだ」

瑕《きず》を増やしてどうする、と続けられた言葉に、気遣《きづか》いにどきっとした胸が瞬く間に静まる。

「……危ないと思ったら手がでてたんですよ、理由なんてありません」

ちょっと――どころではないが、自分は顔がいいと思って、と不愉快《ふゆかい》さを隠《かく》さず答えれば、龍臣に怪我をした方の腕をとられた。

「見せろ」

布越《ご》しに感じるその大きさと力強さに、再びどきりとする。

「ちょっ……本当にたいしたことないですから！」

「つべこべ言わず――」

慌てて身を退《ひ》こうとするが、龍臣の手の力は緩《ゆる》まない。むしろ、ひきよせるようにされて慌てていると、ふいに彼が口を閉《と》ざした。

それを疑問に思うより早く、こちらへと近づいてくる衣擦《きぬず》れの音が耳にはいる。

――だれかが様子を見にきたの？

ちらりと龍臣を見上げると、そのようだ、とでも言うように浅い頷きが返る。

二人が顔をむけた先から現れたのは、香子の乳兄弟《ちきょうだい》である女房だった。

「――ああ、こちらにおられたのですね」

「小春どの」

呼びかけた龍臣の声が、三位局のものに戻っている。

変わり身の早さに呆《あき》れとも感心ともつかない感覚を覚えつつ、百合は盥《たらい》を抱《かか》えて歩みよってくる小春に小首を傾《かし》げた。

「どうされたのですか？」

「あ……えっと、御息所さまが、様子を見てくるようにと。塗《ぬ》り薬などのお気遣いもいただいて」

「――東宮《とうぐう》だな」

なぜか言い淀《よど》んだ小春に、龍臣が彼女の耳に届かないようぼそりと呟《つぶや》く。

ああ、そういうことか、と得心する。

おそらくは、騒《さわ》ぎを見聞きしていた東宮が怪我をしたという自分のために、香子のもとへ届けさせたのだろう。それでしかたなくか、その程度の気遣いはあったのか、小春をよこしたというわけだ。

「怪我を見せていただけますか？」

盥を床へ置くと促《うなが》してきた小春に、いえ、と断りをいれるより早く、ぐいっと背中を押される。龍臣だ。

百合は嘆息《たんそく》すると小春の前へと腰をおろし、おずおずと右手をさしだした。

まぁ……と小春が顔を曇《くも》らせ、隣《となり》に膝《ひざ》をついた龍臣の表情がぐっと険しくなる。

白い手の甲《こう》には赤くくっきりと線が走り、裂《さ》けた皮膚《ひふ》から血が滲《にじ》んでいた。

「……とりあえず、洗いましょう。これでは軟膏《なんこう》も塗れませんから」

そう、小春は腫《は》れ物に触《さわ》るような手つきで百合の右手をとり、盥へと導いた。反対の掌《てのひら》ですくった水をかけられた瞬間《しゅんかん》、しみるような痛みにびくっと肩《かた》が跳《は》ねた。

「すみません！」

「いえっ、すこししみただけですから」

怯《おび》えたように手をひいた小春に、たいしたことではない、と慌《あわ》てて告げる。

「あの、自分で」

やりますから、と言う前に横から手をとられ、痛みとは違《ちが》う意味で肩が揺《ゆ》らぐ。

「こちらはやりますから、小春どのは薬の用意を」

「あ、はい。では、三位局さま、お願いできますか」

穏《おだ》やかながら有無を言わさぬ指示に、小春がいったん二人の前をあとにする。

「──なにが、たいしたことないだ。莫迦《ばか》が」

それを見計らった上で毒づきながら、龍臣が手つきばかりは丁寧《ていねい》に傷口を清めていく。

怪我《けが》を隠そうとしたことにか、怪我をさせてしまったことにかはさだかではなかったが、その怒《いか》りが憂《うれ》いからくるものだとはわかるから、甘んじて受けるよりない。

やがて、戻《もど》ってきた小春が軟膏を塗布《とふ》したものを傷口へと貼《は》りつけ、上から丁寧に布を巻いていく。

「大丈夫ですか？」

問いかけに「はい」と答えながら、そういえば、と思う。

「……こうして言葉を交《か》わすのは、はじめてですね」

お互《たが》い顔や名は見知っているが、香子という存在を抜きにして話したことはなかった。

妙《みょう》に張りつめた空気に気詰《きづ》まりを覚えて話しかけた百合に、小春は思いがけないことを言われたように瞬いたあと、寂《さみ》しげに微笑《ほほえ》んだ。

「そう、でしたね。それがこのような場、というのは残念ですけれど」

「たしかに。けれど、ずっとお話ししてみたいと思っていたんです、小春どのと」

え？　と意外そうに目を瞠《みは》る小春は、どこか気弱げな少女だ。

とりまきの女房たちと同じく香子が大納言邸《だいなごんてい》から連れてきた者だが、彼女たちとは違いいつも数歩うしろに控《ひか》えている印象だ。香子の身勝手に一番振《ふ》り回されているのが、この小春だった。

「迷惑《めいわく》、でしたか？」

なにを言いだすんだこいつは、という視線を横から感じつつ聞けば、いえ！　と勢いよく首を振られる。そうして、小春は小さくはにかんだ。

「実は、わたくしもです。今日、深草式部どのが用意された『躑躅《つつじ》』、本当に素晴《すば》らしくて」

しかし、それに百合が答える前に、表の方から小春を呼ぶ声がした。

「――ああ、まいらなくてはっ。このような機会ではなく、またお話しさせてください」

声の方を振り返って、慌ただしく片付けはじめた彼女を、三位局《さんみのつぼね》がやんわりと制する。

「こちらはわたくしが。早くお戻りになった方がいいわ」

「ですが」

「小春どの、手当てをありがとうございました。御息所さまにも、お気遣いいただき申しわけありませんでした、と伝えてくださいますか？」

お話はまたの機会にゆっくりと、と添《そ》えて、百合もまた逡巡《しゅんじゅん》する小春の背を押す。

彼女はなおも躊躇《ためら》いを見せていたが、再びかかった声につられるように腰《こし》を浮《う》かせた。

「申しわけありません」

何度も頭をさげながら、去っていく小春を笑顔《えがお》で見送る。

「――で、どういうつもりだ」

その姿が見えなくなった途端《とたん》、低く隣から問われ、百合はふっと息をついた。

「どういうもこういうもありません。本当に話してみたいと思ってただけです。いつもあんな感じで振り回されて、大丈夫《だいじょうぶ》かなって。おっとりした感じが、ちょっと妹に似てるんです」

「あれはおっとりっていうより、要領が悪い、気が小さいだけだろ」

「だから、余計気になるんですよ」

それに、と純粋《じゅんすい》とは言いがたい自分の心に溜息《ためいき》をついて、百合は残されたままの道具へと怪我をしていない方の手を伸《の》ばした。

「……彼女と親しくなれば、御息所さまや大納言さまについて、なにか聞けるかなって」

「――なるほど」

龍臣はそうあいづちをうったきり、いいも悪いも言わず、こちらが伸ばした手の先からものをひょいっと奪《うば》っていった。

「怪我人は邪魔《じゃま》するな」

一言告げると、手際《てぎわ》よく片付けはじめる。それこそ、百合が手をだす暇《ひま》もなかった。

「返してくる」

やがて小春のあとを追うようにでていった龍臣に、しばし呆気《あっけ》にとられたあと、

「あの人なりの、気遣《きづか》い、かな？」

百合は小さく苦笑《くしょう》を零《こぼ》した。


そうして宴《うたげ》をきっかけにして、百合は小春と顔をあわせれば軽く言葉を交わす程度の仲になっていた。

とはいえ、小春は香子の傍《そば》に控えていることが常で、たまに一人でも用を言いつけられている最中だったりするため、機会はほとんどなかったが。

だから、百合がその噂《うわさ》を小春から耳にしたのも偶然《ぐうぜん》だった。

「小春どの？」

染め物の出来上がりを確認《かくにん》しにきた百合は、そこに意外な人物を見つけて小首を傾げた。

通常染色《せんしょく》は、染料の配合や染め方に指示はだしても、実際染めるのは下級の女官《にょかん》たちの仕事

だ。もともと自分の手でやっていた百合は、人任せにするのをよしとせず自らやっているが、そんなものは例外と言えるだろう。

　なにやら包みを渡《わた》していた小春は、呼びかけにびくりと肩を揺らした。

「深草式部どの」

「御息所《みやすどころ》さまからの頼《たの》まれものですか？　言ってくださったらわたしが持っていったのに」

　ぎこちなく振り返った彼女に気さくに声をかければ、困ったように微笑まれる。

「いえ……すぐにでも、と仰《おお》せでしたので」

「ああ、それではしかたないですね」

　なにを指示したのかはわからないが、思いついたらすぐにでもやらないと気がすまないのが香子だ。

「そういう深草式部どのは？」

「夏物で足りないものがあって、それが仕上がったころだったので」

　そういう間にも確認を終えた百合は、よし、と頷《うなず》くと小春を見やった。

「今からお戻りですか？　でしたら、ご一緒《いっしょ》に」

「え、ええ。──では、頼みましたよ」

　包みを預けた女官に言い置いた小春がそそくさと踵《きびす》を返す。

　──なんだろう、よっぽど知られたらまずいものなのかな……。

知られてまずい染物とはなんだろう？　と首を捻《ひね》りつつ、百合は彼女に続いた。

「もう、夏ですね」

あれはなんですか、とさすがに問うわけにもいかず、あたりさわりのない話題を振る。

「……あのっ」

しかし、小春から返ったのは上擦《うわず》った声とこわばった面持《おもも》ちだった。

「深草式部どのは、あの噂、ご存じですか？」

「噂、ですか？」

どこか思いつめた様子に戸惑《とまど》いながら、はてなんのことだろう、と記憶《きおく》を探《さぐ》る。

宮中、特に後宮は女の園《その》だけあって、日々色々な噂が飛び交《か》っている。変わりばえのない生活の中の数少ない刺激《しげき》でもあるから、女房《にょうぼう》たちも噂には敏感《びんかん》だ。

その中で彼女にこんな顔をさせるものがあっただろうか、と思った瞬間《しゅんかん》、ひとつの可能性がよぎった。

——まさか……。

「それって、三位の」

「桐壺に、幽霊《ゆうれい》が現れた、と」

勢いこんで口を開きかけたところへ、人目をはばかるような低い声が被《かぶ》る。

その間合いと内容に、百合は一瞬《いっしゅん》ぽかんとした。

「――幽霊、ですか？」

硬《かた》い表情で頷かれ、どっと肩《かた》から力が抜《ぬ》ける。

――なんだ……わたしはてっきり、三位局についてのものかと。

けれど、小春は百合の様子には気づかない風で、一層声を低めた。

「それが……前の桐壺女御《にょうご》さまの、生霊《いきすだま》ではないかって――」

三 ◆ 怪《しるまし》

「――ということで、そんな噂が桐壺の女房たちの間であるらしいです」

『なにか怪《あや》しいことがあったら報《しら》せろ』

その言に従い、密《ひそ》かに龍臣と接触《せっしょく》を図《はか》った結果、夜、秘密裏《ひみつり》に梨壺へと招きいれられた百合は、小春から聞いた噂について二人に説明した。

「幽霊、ねえ」

「で、おまえは信じてんのか？　その生霊とやらを」

東宮《とうぐう》が思案げに呟《つぶや》き、例によって着崩《きくず》した龍臣にいたってはあきらかに呆《あき》れ顔だ。

そんな彼らに百合は間髪《かんはつ》をいれず首を横に振った。

「いえ、まったく」

「そうなのかい？」

意外そうに瞬《またた》いた東宮に、当然だろうなと思いつつ首肯《しゅこう》する。

「陰陽寮《おんみょうりょう》の方々には失礼ですけど、もともと呪《のろ》いとかあやかしの類《たぐい》は信じてないんです。見たことがありませんから」

ている。

あえて口にはしないが、思いこみや都合の悪いことをそれらのせいにしているだけだと思っいるかいないかわからないモノより、生きた人間の方がよほど怖《こわ》い。追剥《おいはぎ》ぎや盗人《ぬすっと》、押込みなどもよく聞く話だから、なおさらだ。

「そもそも、なんで前の桐壺女御の生霊なんだ？」

龍臣の当然の疑問に、「ああ、それは」と同じ質問をして返った答えを口にする。

「今上帝《きんじょうてい》の女御であられた聖子《きよこ》さまが病気の療養《りょうよう》のために院の御所《ごしょ》へ移られてから、桐壺はずっと主《あるじ》のないままだったとか」

「――あぁ、たしかに」

元桐壺女御の名をだした途端、東宮がかすかに顔を曇《くも》らせる。

百合は幼かったし、父の実茂はあのとおり世俗《せぞく》に疎《うと》いため知らなかったが、今の中宮《ちゅうぐう》が入内《じゅだい》したばかりのころ、後宮でちょっとしたごたごたがあったらしい。

同じように幼かったとはいえ、すでに今の座にあった東宮にはなにか思うところがあるのかもしれない。

「ですから、今でも主上《おかみ》のことを想《おも》われている聖子さまが、新たにはいられた御息所さまに妬心《としん》を覚えられ、その狂《くる》おしい気持ちを抑《おさ》えきれず……ということらしいです」

「なんだ、それは」

ますます呆れ顔になった龍臣に、ですよね、と百合はあいづちをうった。

「桐壺に新たに人がはいったことがお耳にはいるくらいなら、その方が『東宮の女御』だということも当然知っておられると思うんですけど。だから、幽霊の噂を聞いた人が、そういえば昔……という感じで話したのが、尾《お》ひれとなって広まったのではないかと」

「それは……ありそうだね」

「噂なんてそんなもんだからな。――ところで、その噂の発端《ほったん》になった幽霊とやらをだれが見たのかわかってるのか？」

「いえ、同僚《どうりょう》たちにそれとなく聞いてはみたんですけど」

たどれなかった、と百合は龍臣の根本的な問いに緩《ゆる》く首を横に振《ふ》った。

そもそも皆《みな》が皆知っている噂ではなく、こちらが話題を振ってはじめて知る者もいたくらいだ。

「でも、不思議なんですよね」

「なにがだ」

「幽霊を見た人って、大概《たいがい》悲鳴をあげませんか？　女性ならなおのこと。でも、わたしが桐壺で聞いた悲鳴らしいものといったら、御息所さまが猫《ねこ》に驚《おどろ》いた時くらいなんですよね」

「そのまま失神したとか？」

うーん、と首を捻る百合に、東宮もまた首を傾《かし》げる。

「だったら、余計噂《うわさ》になるだろ。倒《たお》れたやつが騒《さわ》がないわけがない」

龍臣の指摘《してき》に、かな、と言った本人も苦笑いだ。

「ちらっと見かけた影《かげ》かなんかを、あれは幽霊だったたって面白《おもしろ》おかしく言ってるだけじゃないのか。怖い物見たさってやつで」

「――か、噂自体が意図的に広められているのか」

龍臣に続くように東宮から呈《てい》されたそれに、百合は瞬いた。

「なんのためにですか？」

「それはわからないけれどね。とはいえ、現時点ではわからないことだらけだ」

幽霊が本当にでたのかどうか。でたのだとしたら本物なのかどうか。本物なら正体は。偽物《にせもの》ならそこにある意図は。

東宮が指折り数えるようにして挙げていくそれらを聞いていると、たしかに不確かなことばかりだ。今はっきりしていることといったら、そういう噂がある、ということだけだろう。

「この噂、香子姫《ひめ》は知っているのかな？」

「どうだかな。あの女の乳兄弟《ちきょうだい》が知ってるからには耳にはいってる可能性はあるが、怯《おび》えたような素振《そぶ》りは見えん」

彼女にかぎって気丈《きじょう》にふるまうなどという気遣《きづか》いはないだろう、と龍臣が香子をこきおろすが、「そんなことは」とかばう者はここにはいない。三人ともが彼女なら大騒《おおさわ》ぎするだろう、と思っているのだ。

東宮が微苦笑《びくしょう》とともに小さく嘆息《たんそく》する。

「とりあえず、様子見、かな？　気にはなるけれど、この状態では動きようがない」

進展があったらその時にまた、との言葉を最後に、今夜は解散することとなった。

「おまえは先に戻《もど》ってろ」

二人連れだっていては万が一人に出会った時に訝《いぶか》しまれると、先に帰される。

おそらくはすべて事情を知っているのだろう、東宮の乳母《めのと》だという女房に人目につかないよう外へだしてもらう。

「それにしても、幽霊かぁ」

一番可能性が高そうなのは龍臣が言っていたように、影かなにかを幽霊だと思いこんだ、というものだろう。

ちょっとこういうものを見かけたのだけれど、もしかして……と口にしたことがあたかもそうであったように広まった、とはいかにもあり得そうだ。そうなったら、本人はもう「違《ちが》う」とは言えないだろう。

局《つぼね》に戻るついでにすこし遠回りをして、簀子縁《すのこえん》を歩く。

月明かりのない今夜は、ところどころに焚《た》かれた灯籠《とうろう》の火が闇《やみ》を一層濃《こ》く見せていた。時折、風にか木々が揺《ゆ》らげば、影も怪しげに蠢《うごめ》く。

これなら気の弱い者ならなにを見てもおかしくない。

「やっぱり、勘違《かんちが》いとか思いこみかな」

独りごち、局へ戻るために妻戸を開こうとした百合は、ふと聞こえてきた声に足を止めた。

——話し声？

いつもなら宿直《とのい》の者かなにかと気にしなかっただろうが、さすがにあんな噂を聞いたあとだけになんだろうと思わずにはいられない。

——こっちは……宣耀殿《せんようでん》へ繋《つな》がってる方？

息を潜《ひそ》めるようにして、声のする方を探《さぐ》る。

桐壺は南を梨壺と接しているが、西は渡廊《わたろう》を介《かい》して宣耀殿と隣《とな》りあっている。どうやらその渡廊のあたりに人がいるらしい。

「——で、かような月に出会えるとは」

そっと渡廊をうかがえば、いかにもな口説き文句とともに廊に立つ人影《ひとかげ》と地面に立つ人影が目にはいる。

「——え？」

その一方の見覚えのある横顔に、百合は目をしばたかせた。さきほど別れた龍臣——三位局《さんみのつぼね》だ。手にした扇《おうぎ》で顔の下半分を覆《おお》うようにしているが、間違《まちが》いない。

「……今宵《こよい》の月は、すでに山のむこうでございましょう」

知りあい？　と一瞬《いっしゅん》思うものの、下から摑《つか》まれた袖《そで》と迷惑《めいわく》な色を隠《かく》さない声色《こわいろ》が違うことを伝えてくる。

「つれないことを……ここで出会ったのもなにかの縁《えにし》なれば」

すげない女の態度に、男の手が乞《こ》うように伸《の》びる。今しも袖に隠れた三位局の手を握《にぎ》ろうとした瞬間《しゅんかん》、

「そっ、そこにだれかいるの？」

百合は渡廊の柱の陰《かげ》から声をあげていた。

はっと男が怯《ひる》んだ気配に、三位局が摑まれた袖をとり戻すようにして手を振り払《はら》う。邪魔《じゃま》だてされた男はちっと舌打ちすると、逃《に》げるように走り去っていった。

「――大丈夫《だいじょうぶ》ですか？」

「あぁ……さすがに手を摑まれたら、違和感《いわかん》のひとつも覚えるだろうからな」

助かった、と苦く嘆息する姿に、百合は柱の陰からでると男の去っていった方と三位局を見比べた。

「あの、どうしてこんなところに？」

「東宮《とうぐう》の声がかりで出仕した『三位局』が梨壺から戻ってくるのをだれかに見られたら、色々勘《かん》ぐられるからな。わざわざ遠回りしたんだが」

あんなのに捕《つか》まるとは、と彼は摑まれていた袖を振る。そのさまはいかにも忌々《いまいま》しげだ。

「あの人は、なんのためにこんなところにいたんでしょう」

「内裏《だいり》でも女好きで有名な男だ。大方、新しくはいった女御《にょうご》のところの女房《にょうぼう》を垣間見《かいまみ》れたら……あわよくば、火遊びでもと思ったんだろ」

ああ、としらけた目になって男の逃げた方を見やった百合が、ぼそりと呟《つぶや》く。

「――案外、あれが幽霊《ゆうれい》の正体なんじゃないですか？」

「――ない話じゃない」

ふう、と再度息をついた彼は止まって――止められていた足を桐壺へとむけると、すれ違いざまに百合の頭をぽんぽんと叩《たた》いた。

「ともかく助かった」

これからもなんかあった時は頼《たの》む。

そう遠ざかっていく背中をぎこちなく振り返って、百合はゆるゆると頭に手をやった。

「……なに、今の」

頼《たよ》りにされたことに、じわり、と身体《からだ》が熱くなる。

知らず口元が緩み……百合は、はたと頭《かぶり》を振った。

「なんで、嬉《うれ》しいとか…っ、利用されてるだけでしょ」

近づいている心の距離《きょり》を感じて、自らを戒《いまし》める。

東宮然《しか》り、左大臣家の子息然り、本来なら自分とは縁のない人たちだ。お互《たが》い目的だけで繋がっている関係であることを忘れてはならない。

熱くなった頰《ほお》を軽く叩き、百合は今度こそ局へ戻るべく踵《きびす》を返した。


四月《うづき》一日——暦《こよみ》の上では夏にはいったこの日、宮中は朝から忙《せわ》しなかった。

毎年、今日と十月《かんなづき》一日は冬春の衣服と夏秋の衣服を替《か》える衣更《ころもが》えの日だ。

防寒用の綿入れから綿を抜《ぬ》き、衣《ころも》は表地と裏地のある袷《あわせ》から、裏地のない単《ひとえ》へと替えられる。

生地《きじ》も生絹《すずし》などが多く使われるようになる。

それればかりでなく、火鉢《ひばち》を撤収《てっしゅう》し、御簾《みす》や几帳《きちょう》の装飾《そうしょく》を替え、畳《たたみ》なども新しいものへととり替えられた。

百合たちも前から準備していた夏の衣へと替え、扇も檜扇《ひおうぎ》から蝙蝠《かわほり》と呼ばれる紙で作られたものへと持ち替える。

長雨もまだなこの季節、気候的には夏を感じにくいが、こうして身の回りから冬春の気配が消えることで、夏がきたことを実感するのだ。

そんな慌《あわ》ただしさの中、数日前の幽霊の噂などすっかり頭から抜けおちていた百合だったが、その晩、嫌《いや》でも思いだすこととなった。

夏らしいといえば、夏らしい。けれど、この時季としては蒸《む》し暑い晩だった。

風はそよともそよがず、雨が近いのか空気はじっとりと水気を孕《はら》み、肌《はだ》にまとわりつくようだ。

疲《つか》れから早々に局へとひきあげたものの、まだ暑さに慣れていない身体にこの不快さはこたえ、百合はなかなか寝付《ねつ》けずにいた。

横になっても訪《おとず》れない眠気《ねむけ》に、ますます意識が過敏《かびん》になり、些細《ささい》な物音も耳につく。いつもなら気にならない、ほかの女房たちの衣擦《きぬず》れの音や遠くに聞こえる床《ゆか》の軋《きし》む音まで拾っては、近づいていた眠《ねむ》りが遠のいていく。

「……外の空気にでもあたってこよう」

眠るのを諦《あきら》め、むくり、と溜息《ためいき》とともに起きあがる。夏用に替えたばかりの重袿《かさねうちき》に小袿《こうちき》を羽織ると、他の人の邪魔にならないよう、そうっと局を抜けだす。

妻戸の隙間《すきま》から滑《すべ》りでると、ぬるい空気が肌をなでた。

中よりはまし、という程度だな……と思いつつ、百合は簀子の端《はし》へと歩みよった。

高欄《こうらん》に手をつき、伸びあがるようにして空を見上げる。どんよりと曇《くも》った空には、星の瞬《またた》きひとつなかった。

「――まあ、朔《ついたち》だから晴れてても月もないけど」

月や星明かりがあれば、なんとはなしに鬱々《うつうつ》としたこの気分も慰《なぐさ》められるのに、と再度溜息だ。

「こんな時、うちだったら花のひとつも咲《さ》いてるのに」

野放図な庭ではあったが、季節にあわせてさまざまな草木花が楽しめた。なにも咲いていない時季など、それこそ真冬くらいだ。

沈《しず》んだ気持ちもあいまって、我が家を思いだし少々感傷的な気分になる。

「なにか咲いてなかったっけ」

そろそろ卯《う》の花の季節だろう、と慰みに昼とは違《ちが》う顔を見せる庭を眺《なが》めながら簀子縁《すのこえん》をそぞろ歩いていた百合は、ふと足を止めた。視界の端をなにかがよぎった気がしたのだ。

「？　今、なにか……」

見間違《みまちが》いだろうか、となにげなく首を巡《めぐ》らせ、小さく息を呑《の》む。

灯籠《とうろう》の薄明《うすあ》かりに、黒い影《かげ》が浮《う》かびあがっている。

——……もしかして、あれって例の幽霊？

今の今まで忘れていた存在が頭に浮かぶ。

百合が食いいるように見つめる先で、影は火明かりの揺らぎとは違うゆっくりした動きで角のむこうへと消えようとしていた。

「待っ——」

反射的に足を踏《ふ》みだせば、ギッ、と床板《ゆかいた》が軋みをあげる。

「！」

その音に、影が弾《はじ》かれたように飛びあがった。

夜の闇越《やみご》しにソレと目があったような気がした瞬間、影がぱっと踵を返した。さきほどまでの緩慢《かんまん》さとはうって変わったすばやさで走り去っていく。

「あっ」

百合は即座《そくざ》に影のあとを追った。怖《こわ》さに立ち竦《すく》むよりも、あの影の正体を突《つ》き止めるのだという思いが、足を動かしていた。

「そもそも幽霊が足音たてるとか、おかしいでしょ…っ」

人を見て逃げるくらいだ。なにか思惑《おもわく》があって桐壺へ近づいたのは間違《まちが》いない。

渡廊《わたろう》を渡《わた》り、隣《となり》の殿舎《でんしゃ》へと消えた影を追って、百合もまた宣耀殿へと踏みこんだ。

どこへ、と視線を走らせ、足音のする方へ爪先《つまさき》をむける。追うことに必死なあまり、自身がどこへむかっているのかは意識の外だった。

しかし、幾度《いくど》目かの角を曲がったところでその足が止まる。

「……だめか」

もはや、それらしい影はどこにも見当たらなかった。頼りの足音も遠のき、これ以上追う術《すべ》がない。

完全に見失ってしまった怪《あや》しい影に嘆息《たんそく》して、百合がのろのろと踵を返した時だった。

ぎ…っ、という静かな軋みとともに、

「――おや、珍《めずら》しいところに珍しい花が咲いているものだ」

背中にかかった笑《え》みを含《ふく》んだ声に、大きく肩《かた》が跳《は》ねた。

えっ、と慌てて振《ふ》り返った百合の目に飛びこんできたのは、ゆったりと近づいてくるひとつの人影《ひとかげ》だった。

――いつのまに？

どこかの廊からでてきたのだろうそれに警戒《けいかい》を覚え、じりっと後退《あとじさ》る。

――まさか、この人が幽霊……？

そんな考えがよぎるが、逃《に》げておいてむこうから姿を現すとは思いづらい。なにより、目の前の人物には余裕《よゆう》というのか、場慣れしている雰囲気《ふんいき》があった。

この人物なら出会い頭《がしら》に逃げだしたりせず、こちらをあしらうくらいのことはしてのけるだろう。

だとしたら何者だろう、と歩みよってくる人影の顔をうかがった百合は、薄明かりに浮かびあがった面《おもて》にぎょっと目を見開いた。

「左、大将さま……？」

「うん、見知っていてくれたとは嬉しいな」

左大将──龍臣の異母兄である朱貞が、艶《つや》のある笑みを刻む。

思わぬ遭遇《そうぐう》に、なぜ、と考えるより先に、百合は道を譲《ゆず》るようにして膝《ひざ》を折った。

「ご無礼いたしました」

「ああ、かまわないよ。花の香《か》に誘《さそ》われてさまよい歩いていただけだからね」

とはいえ、こんな可憐《かれん》な花に出会うとは思わなかったが。

そう、扇《おうぎ》を開いた朱貞に、どきりとする。いつのまにか普段《ふだん》立ちいらない表に近いところまできていることに、今さらながらに気づく。

「それにしても、気をつけた方がいい。──こんな刻限にこんなところをうろついていると、私のような悪い男に摑《つか》まってしまうよ?」

「!」

すっと面がよせられ、扇越《おうぎご》しに囁《ささや》かれる。驚《おどろ》いてわずかに顎《あご》をひいた百合に、朱貞が扇のむこうで微笑《ほほえ》んだ。

「さあ、もう夜も深い。戻《もど》りなさい」

促《うなが》しつつ、くるりと返された背を、呆気《あっけ》にとられて見つめていると、

「そうそう」

ふいになにかを思いだしたように朱貞が足を止めた。ちらりと肩越《かたご》しにこちらを見下ろした面白《おもしろ》がるようなまなざしに、我知らず身構える。

「きみには山吹《やまぶき》が似合うんじゃないかな——深草式部どの？」

「！」

呼ばれた名に、百合は大きく目を瞠《みは》った。

——どうして、わたしのこと⁉

有名な左大将を後宮の女房《にょうぼう》が見知っていてもなんら不思議ではないが、一介《いっかい》の女房でしかない自分のことなど知ろうと思わなければ知っているものではない。

「それに、山吹って……」

夜陰《やいん》にまぎれるように遠ざかっていく背を見つめながら、茫然《ぼうぜん》と呟《つぶや》く。

山吹とは『山吹のかさね』のことだろう。季節外れの春のそれが似合うという言葉が意味するのは——おそらく、忠告だ。

山吹は朽葉《くちば》色や黄色を使って表すこともあるが、山吹色そのものを使うこともある。

山吹の冴《さ》えた赤みのある黄色は、黄をだす梔子《くちなし》の実と茜《あかね》や紅《べに》など赤系の染料《せんりょう》を使って染める。

そして、山吹の花の色である黄——梔子色は『口なし』を連想させることから、『言わぬ色』とも呼ばれた。

そんなことから、『山吹』と『口なし』や『言わぬ』をひっかけて詠《よ》まれた和歌などもあるくらいだ。

それを踏まえて先の言葉を考えれば、山吹が似合う、とは、口なしがいい——つまりは、今夜見たものは他言無用だ、と忠告されたことになる。

「だれにも言うなって……なにを？　ここであの方を見たことを？　それとも、追ってきた影のことも含めて？」

「――もしくは、余計なことに口出しや手出しをしないで黙《だま》っておとなしくしていろ、ということかもしれないけれどね」

「ひゃ…っ」

唐突《とうとつ》に挟《はさ》まれた口に、鼓動《こどう》が高く跳ねた。

ばっと声のした方――背後へ首を巡らせれば、建物の陰《かげ》にたたずむ東宮《とうぐう》の姿があった。

「とっ――」

「シッ、黙って」

「東宮さま！」と叫《さけ》びかけたところを、すばやい身のこなしで唇《くちびる》を指で押さえられる。

「いい？」

念を押すように囁かれ、百合はこくこくとなんとか首肯《しゅこう》した。すっと離《はな》れていった指に、そろりと息を吐《は》きだす。

いつから、どうしてそこに、などの疑問が頭を駆《か》け巡る。が、聞いてはいけないことだったら、と思うと躊躇《ためら》われる。

そんな百合に、東宮はくすりと笑いをおとした。その手が腕《うで》に抱《だ》く黒猫《くろねこ》をなでる。

「どうにもコレがおちつかなくてね。近くに別の猫でもはいりこんでいるのかと思って、夜風にあたりがてら外へね」

そうしたら渡廊を渡っていく自分が見えて、なにごとかと様子を見にきたのだという。

どうやらまた顔にでていたらしい、と口元を袖口《そでぐち》で覆《おお》いつつ、百合はどっと肩から力が抜《ぬ》けるのを感じた。

「……そういうことは、別の者にさせてください。御身《おんみ》になにかあったら、どうするのですか」

「内裏《ここ》で？　それは大問題だね」

「その大問題が起きないともかぎらないから、警戒されているのでは？」

からかうような応《こた》えに、つい見上げる目つきが険しいものになる。

さも意外なことを言われたとでもいうように目を瞠った東宮に、袖《そで》の下でそっと息をついた百合は身軽く立ちあがった。

「梨壺までお供いたします」

まいりましょう、と先導するように歩きだせば、おとなしく足音がついてくる。

――えらそうなこと言っちゃったけど……気まずい。

おちる沈黙《ちんもく》がその気分を一層かきたてる。

「……左大将さまは、例の幽霊《ゆうれい》と関係があるんでしょうか」

決まりの悪さに耐《た》えかねて口を開いた百合は、ぴたりと止まった足音にどうしたのかとうしろを振り返った。

「――なに、もしかして百合は幽霊を追ってきたの？」

眉《まゆ》を顰《ひそ》めた東宮が問うのに、そういえば言っていなかったか、と朱貞に出会うまでのことの次第《しだい》を説明する。

返ったのは呆《あき》れたような溜息《ためいき》だった。

「なにをしているの」

自分よりそちらの方がよほど危ない、とさきほどとは反対に厳しい顔つきで言われてしまい、

「はい……」と百合は身を縮こめた。

東宮は再度息をつくと、「左大将か」と呟いた。

「幽霊の噂《うわさ》と彼が関係しているとしたら、目的はなんだと思うの？」

「……御息所《みやすどころ》さまを怖《こわ》がらせて、里下がりをさせたい、とか」

「なんのために？」

思いつくままに告げた百合は、重ねて問われ、首を捻《ひね》った。

「えーと、左大将さまは東宮さまを気にかけていらっしゃるんですよね？　左大臣家としても左兵衛佐《さひょうえのすけ》さまを幼いころからお傍《そば》にあげることで、言い方は悪いですけれど、東宮さまと縁《えん》を深めておいでだったわけじゃないですか」

ちらっと様子をうかがえば、東宮は不愉快《ふゆかい》そうにするでもなく「そうだね」と淡々《たんたん》とあいづ

ちを返した。

「ですから、今さら東宮の女御《にょうご》の父親として大納言《だいなごん》さまに大きな顔をさせたくなかった、みたいな……」

「もしくは、私に大納言という後見を与《あた》えたくなかった、かな」

なにげなく続けられたそれに、えっ？　と百合は『不敬』の二文字も忘れ、東宮を凝視《ぎょうし》した。

「どうしてですか？　そんな、東宮さまが力を持たれるのを恐《おそ》れているみたいなこと」

「今さら私に力を持たせて、野心を持たれても困るだろうからね」

「野心……」

それの指すものは、間違《まちが》いなく『帝《みかど》の座』だろう。

「今上帝の母上は左大臣の妹だった方だけれど、今の後宮には左大臣家に縁《ゆかり》のある姫《ひめ》がいないのは知っているよね？」

「はい。ですから、中宮さまの父上である右大臣さまが権勢を誇《ほこ》っておられる」

「そう、男宮もお生まれになってその地位は盤石《ばんじゃく》。だとしたら、左大臣家が次に狙《ねら》うのは？」

「……宮さまの、お后《きさき》、ですか？」

百合の答えに、東宮はよくできましたとばかりに微笑んだ。

「その年回りにちょうどあう姫が左大将にはいるんだよ。だから、万が一にも私に東宮の座にしがみついてもらっては困る、というわけだ」

「ですが……っ」

幼いころから懇意《こんい》にしていた相手が、自分を陥《おとしい》れる画策をしている。

そんなことを平然と口にする悲しさに、百合はとっさに反駁《はんばく》をあげていた。

「それは右大臣家にも言えることです！　宮さまを日嗣《ひつぎ》の宮に、と望むのなら、東宮さまに権力を持たせたくないと真っ先に考えるのは、むしろそちらのはず」

勢いこんで告げる彼女に、東宮は驚《おどろ》いたように瞳《ひとみ》を瞬《またた》かせたあと、ゆっくりと破顔した。

「うん、そうだね。――まあ、左大将もあの若さであの地位につくだけあって、華《はな》やかなだけの人でないことはたしかだから、良きにつけ悪《あ》しきにつけなにか企《たくら》んではいそうだけれど」

「それは……はい」

その点は頷《うなず》くしかない。でなければ、他言無用にしろ、首を突《つ》っこむなにしろ、あんな忠告をよこすはずがないのだ。

「あと考えられるとしたら……自作自演、かな？」

うーん、と考える素振《そぶ》りで東宮の口から紡《つむ》がれたそれに、今度は百合が瞬く番だった。

「自作自演って――それは幽霊騒動《ゆうれいそうどう》が、ですか？」

瞬間脳裏《しゅんかんのうり》に浮《う》かんだのは小春の顔だった。

――そういえば、小春どのから噂のことを聞くまで、そんな話全然知らなかった。

まさか……と思いかけ、慌《あわ》てて頭《かぶり》を振《ふ》る。

「そんな、なんのために。それに、自作自演……御息所さまの仕業《しわざ》だとしたら、さっきの影《かげ》が表の方へ逃《に》げるのはおかしくないですか？」

「さすがに理由まではわからないけれどね。ただ、なぜ、幽霊の正体が元桐壺女御の生霊《いきすだま》だなんていう噂になっているのかが気にかかる。それに、この件に大納言も荷担《かたん》しているとしたら、後宮の外の人間を使ったとしても不思議はないよ。もっとも、百合が追いかけた影が件《くだん》の幽霊と関《かか》わりがあるともかぎらないけれど」

「それは、そうですけど……」

たしかに、自分が思っただけであの影が幽霊の正体であるという確証はない。——それはそれで大問題だが。

「とりあえず、内裏、特に後宮の見回りを強化するよう進言しておくよ」

進展するどころか、深まるばかりの謎《なぞ》に疲《つか》れたように首肯しながら、百合ははたと現状を思いだす。立ち止まったままますっかり話しこんでしまっていた。

「あ、申しわけありません。まいりましょう」

今は幽霊云々《ゆうれいうんぬん》よりも東宮を梨壺へと送り届けることが先決だ。

「——あなたは揺《ゆ》るがないね」

再び先に立って歩きだした百合の背へ、ぽつりと呟《つぶや》きがおちる。

「東宮さま？」

意味深なそれに再び足を止めざるを得なかった百合の横を、すっと東宮《とうぐう》がとおり抜けていく。

あ、と慌てて追いかけるこちらをよそに、彼は独り言のように続けた。

「私のまわりにいるのは、関わりにならないよう遠巻きにする者か、たいした役にはたたなくとも踏《ふ》み台にしてやろうという野心的な者か、だ」

なのに、とちらりと見返った東宮の瞳にはなんとも言いがたい、あえて言うなら戸惑《とまど》いに似た色が浮かんでいた。

「百合にとって、私は『東宮』なんだね。『いずれその座を逐《お》われる者』ではなく」

「？　なにを当然のことをおっしゃってるんですか？」

だれもが言うようにいずれ今上帝の御子《みこ》がその座に即《つ》くのだとしても、今現在の東宮は目の前にいるこの方だ。それ以上でもそれ以下でもない。

自分にとってあたりまえのことなのに、希有《けう》なものを見るような目で見つめられると居たたまれない。なにやら買い被《かぶ》られている気がするから、なおさらだ。

「――それに、その、わたしはどちらかといえば後者かと」

脅《おど》されたり、そそのかされたりしたものの、彼らに協力することを決めたのは自分だ。そこには後宮を追いだされたくないという打算や、うまくいけば出世も……という野心があったのは間違いない。

気まずげに目をそらしつつ自己申告《しんこく》した百合に、東宮は双眸《そうぼう》を瞬かせたあと、くすり、と笑いをおとした。

「そう、野心的なんだ、百合は」

伸《の》びてきた指の背で触《ふ》れるか触れないかの心地《ここち》で頰《ほお》をなでられ、思わず固まる。そのまま つっとおりてきた人差し指が、百合の顎《あご》を軽くすくいあげた。

わずかに細められた双眸に瞳をのぞきこまれる。

「――ならば、私の妃《きさき》にでもなる？」

――え？　今、なんて……私の妃って……妃⁉

「――ッ」

告げられた意味がようよう頭に届いた刹那《せつな》、声にならない悲鳴をあげて飛び退《の》いていた。

「な、な、なにを…っ」

口をぱくぱくさせて言葉もない百合の一連の行動に、目を丸くした東宮はふっと唇《くちびる》を震《ふる》わせた。

「ふ、ふふっ……ひどいな、そんなに嫌《いや》がらなくても」

「いえっ、あの、わたしにはとても務まるものでは……！」

「そう？　難しいことはないと思うけれどな」

「難しいとか難しくないとかではなく、なんというか、性《しょう》に合わないと言いますか」

「それならば妹君はどう？」

さすがに無礼すぎたか、と青くなって言い募《つの》った百合は、ついで東宮から発せられたそれにぎょっとする。

冗談《じょうだん》じゃない！　と口走りかけてすんでで呑《の》みこみ、ぶんぶんと大きく首を横に振った。

「そこまで大それたことは望んでおりませんので！　あの子にはもっとこうささやかな」

「臣籍《しんせき》に降下したあとなら、そこまで大それたものでもないと思うけれどね」

面白《おもしろ》がるように指摘《してき》され、たしかに、と納得《なっとく》しかけ、いやそういう問題じゃない、と我に返る。目の前の人物が優《やさ》しそうな見た目に反して黒いところを持っているのは、身に染《し》みてわかっている。

「ああ、でも、野心的というのなら、それではだめなのか。難しいね」

どうしたらいいと思う？　としかつめらしい顔つきで問いながら猫《ねこ》の喉元《のどもと》をくすぐる東宮に、どうもしなくてもいいですから！　とは百合の心の声だ。

からかわれているのだとはわかっている。

けれど、ここで重ねて断れば東宮の言う『いずれその座を逐われる者』などお断りだと言っているようにも聞こえかねない。

——あ、けど、大それたことは望んでないってさっき言ったし。だったら大丈夫《だいじょうぶ》……いやでも、あんまり頑《かたく》なに拒否《きょひ》すると、なんだか地位云々よりご本人のことが嫌なんだって言ってるみたいだし。

それもどうなんだ、とぐるぐると考えこんでしまう。

そんな百合の耳に、くすりと小さな笑い声が届いた。

「ごめんごめん。そこまで悩《なや》むとは思わなくて」

「……東宮さま」

つい恨《うら》めしげな目つきになれば、にっこりと微笑《ほほえ》まれる。

「だけど、百合が妃になってくれたらいいなと思ったのは本当のことだよ」

その笑顔《えがお》が胡散臭《うさんくさ》い。

百合はひとつ息をつくと、

「それは、光栄です。——さあ、戯《ざ》れ言はそれくらいにして、いきましょう」

くるりと背を返した。これ以上遊ばれてなるものかと、足早に歩きだす。

「残念だな」

くすくすと追ってくる笑いに、今度こそ梨壺につくまで足は止めない、と固く決意する百合だった。


『元気ですごしていますか？

そちらの庭には気の早い撫子《なでしこ》が咲《さ》きはじめているころでしょうか。こちらのお庭には見事な桐《きり》が植わっており、春の終わりには可憐《かれん》な花を咲かせていましたが、それも終わってしまいすこし寂《さび》しい様相です――』

「――こちらもがんばります、父さまにもよろしくお伝えください、百合……と」

紙に滑《すべ》らせていた筆を置き、百合は一息ついた。

「父さまのことをよろしく、の方がよかったかな？」

すこし唸《うな》ったあと、まあいいか、と墨《すみ》が乾《かわ》くのを待って折りたたむ。

「そもそも書けないことだらけだしね」

折をみて撫子へ文《ふみ》を送ってはいるが、内裏《だいり》で起こっていることなど、いくら気心の知れた妹とはいえ記せるものではない。幽霊騒動然《ゆうれいそうどうしか》り、三位局《さんみのつぼね》の正体然り――。

「〜〜〜っ」

つられて思いだした先日の夜の出来事に、百合は思わず文机《ふづくえ》の上に突《つ》っ伏《ぷ》した。

――なんであんな話になったの…っ、というか、いつのまに『百合』とか！

呼び方が自然すぎてあの場ではまったく気にならなかった。

気にならなかったといえば、妃発言が衝撃《しょうげき》的すぎて気にする余裕《よゆう》もなかったが、あんな間近に男の人と顔をあわせることも今まではなかったことだ。

色々思いだして顔が赤くなるのを感じつつ、はあぁ、と息を吐《は》きだして百合は顔をあげた。

「人で遊ぶのは止《や》めてほしいわ。こっちは慣れてないんだから」

それが面白いのかもしれないけど……と独りごち、したためたばかりの文を持って立ちあがる。

「今の刻限なら、父さまもまだ宮中にいるはず」

わざわざ家に運んでもらうより、仕事場にいる父親のもとへ持っていってもらう方が楽だろう。ただし、父が袖《そで》や胸元《むなもと》に預かった文をいれたまま撫子に渡《わた》し忘れることがあるのが、難点といえば難点だ。

その点は文使いの者の方がよほど信頼《しんらい》できる、と苦笑《くしょう》しつつ、百合は局をでた。

後宮内の使いなら女童《めのわらわ》に頼《たの》んでもいいが、大内裏——内裏の外となると下働きの者に文使いを頼まなくてはならない。

さてだれに頼もうか、と文を託《たく》す者を探していた百合は、周囲を気にする素振《そぶ》りを見せながら簀子縁《すのこえん》の角を曲がっていく人影《ひとかげ》に目を留めた。

「小春どの……？」

幽霊《ゆうれい》の噂《うわさ》は、今では桐壺内で知らぬ者がないほどにまでなっていた。

さすがに香子の耳にも届いたのか、夜は早々に戸締《とじ》まりをさせると人払《ひとばら》いをし、御帳台《みちょうだい》に閉じこもっていると聞く。そんな中、やはり頼《たよ》りにしているのは乳兄弟《ちきょうだい》の小春らしく、彼女だけは片時も離《はな》さず傍《そば》に置いていた。

「どうしたんだろう？　いいのかな」

その彼女がこんなところにいるのを不思議に思うと同時に、香子の傍を離れて大丈夫なのだろうか、と心配になる。

なにより、人目をはばかるような様子がひっかかった。

「……」

百合の脳裏《のうり》に、『自作自演』という東宮《とうぐう》の声が甦《よみがえ》る。

まさか、とは思いつつも、気がつけば小春のあとを追うように足を進めていた。そうして、そっと角から顔をのぞかせ、

「！」

百合はぎくりとした。ちょうど振《ふ》り返った小春とまともに目があってしまったのだ。

むこうも驚《おどろ》いたのだろう、びくっと大きく肩《かた》を揺《ゆ》らがせて立ち止まる。

——っ、こうなったらしかたがない。

瞬時《しゅんじ》に腹をくくると、百合はびっくりした表情のまま角から姿を現した。

「小春どのでしたか。どうなさったのですか？　御息所《みやすどころ》さまのお傍についていなくても？」

「深草式部どの……」

さも人がいて驚いた風を装《よそお》いながら、小春の方へと歩みよる。すばやく彼女の様子に目を走らせ、胸元に大事そうに抱《かか》えこんだ立て文に気づく。

──立て文？　そんなものを、だれに……。

立て文とは私的な結び文とは違《ちが》う、正式な書状だ。その相手も気になるが、正式なものならばこそこそする必要もないはずだ。

違和感《いわかん》を覚えながら傍まで近づいた時、ふっ、とほんのかすかな香《かお》りが鼻先をくすぐった。

「……丁子《ちょうじ》？」

独特の甘い香りに誘《さそ》われるように呟《つぶや》いた百合に、小春が目に見えてはっとした。

え？　と思わぬ反応に戸惑《とまど》うこちらをよそに、彼女はおろおろと周囲を見回すと、「このことは内密にしてくださいと囁《ささや》きかけてきた。

「実は……これは、御息所さまの写経《しゃきょう》なのです」

「写経？」

それこそ思いもよらない言葉に、小春が抱える文へと目がおちる。

「もしかして、それは例の幽霊騒《ゆうれいさわ》ぎを恐《おそ》れて……？」

「……はい。騒ぎがおさまることを願って、寺へ奉納《ほうのう》するように、と」

──なるほど。だから、丁子の香り。

写経をする紙は防虫も兼《か》ねて、黄蘗染《きはだぞめ》や胡桃染《くるみぞめ》といった黄や茶で染色《せんしょく》されたものを用いることが多い。中には、丁子染とも香染《こうぞめ》とも呼ばれる染紙もあった。名のとおり、丁子と呼ばれる香料《こうりょう》で染めたものだ。そのため、染めてからしばらくは丁子の香りが紙や衣《きぬ》に残り、こうしてほのかに香るのだ。

その香りだろう、と匂《にお》いの正体には納得《なっとく》したものの、違和感は拭《ぬぐ》えない。

「——それほど恐れておいでなら、僧都《そうず》にきていただくか、陰陽寮《おんみょうりょう》の方にお願いした方がいいのでは？」

「それは……」

うつむいた小春が、言いづらそうに唇《くちびる》を幾度《いくど》か開いては閉じた。

「その、幽霊を本当に目にしたわけではありませんから、そうではなかった場合、恥《はじ》をかくと……」

おどおどと説明しつつも、徐々《じょじょ》に小さくなっていく声に、ああ、と思う。

——ようするに、怖《こわ》いけど幽霊が勘違《かんちが》いだった場合、大騒《おおさわ》ぎして笑いものになりたくないってことか。

百合が駆《か》けつけた猫《ねこ》の例もある。僧まで呼びつけて幽霊でなかったら、内々のことではすまされない。それこそ宮中中に話が広がるだろう。

気位の高い香子にはそんなことは耐《た》えられない、というわけだ。だからこそ、写経の奉納もおおっぴらに使者をたてたりせず、こうしてこそこそやっているのだろう。

そこまで察して頷《うなず》いた百合に、小春はあからさまにほっとした様子をみせた。

「あの、深草式部どのは、どうしてここに？」

「わたしは父に文を届けてもらおうと思って、人を探していたところです」

話題の転換《てんかん》に逆らうことなくのって、懐《ふところ》から文をとりだす。

「あ、でしたらあの者に届けさせますわ」

小春が見やった外を見れば、大納言《だいなごん》家の家人だろうか、狩衣《かりぎぬ》姿の一人の男がたたずんでいた。

「ですが……」

それは悪い、と断ろうとするが、「ついでのことですから」と小春も譲《ゆず》らない。察するにこれは口止めも兼ねているんだろう、と思うと固辞するのも彼女に悪い気がした。

「……では、お願いできますか？」

「はい。わたくしの方から渡しておきます」

ほっとしたように微笑《ほほえ》んだ小春に文を手渡《てわた》すと、百合は頭をさげて踵《きびす》を返した。

角を曲がって戻《もど》る際、ちらっと視線を走らせれば、簀子に膝《ひざ》をついた小春がこわばった顔つきで男に指示を与《あた》えているのが見えた。

――幽霊に対する恐れより、体裁《ていさい》、か。

香子なら大げさに騒いで同情を買うことを選ぶ気もするが、人目につかない琵琶の演奏を拒《きょ》否《ひ》した彼女ならそれもありそうな気がする。

どちらにしてもはた迷惑《めいわく》な幽霊騒動《ゆうれいそうどう》だ、と百合は小さく頭を振って、小春がこちらをうかがう前に角のむこうへと姿を消した。

そのはた迷惑な幽霊騒動に進展があったのは、翌《あく》る日の晩のことだった。

今日も早々に追い払《はら》われ、局《つぼね》にひきあげた百合がそろそろ寝《ね》ようかというころ、突然《とつぜん》絹を裂《さ》くような悲鳴が桐壺に響《ひび》き渡った。

なごやかながらもざわついていた室内が、しん、と静まりかえる。

「なに⁉」

そんな中、百合だけが反射的に立ちあがった。

「深草式部っ、危ないわ」

几帳《きちょう》や屛風《びょうぶ》の陰《かげ》から止める声があがるが、かまうことなく妻戸を開けて外へ走りでる。

「大丈夫《だいじょうぶ》っ？」

気を失っているのか倒《たお》れ伏《ふ》している者に駆けよった百合は、彼女を抱《だ》き起こそうとして動きを止めた。そこに、今しも妻戸のむこうへと消えようとする影《かげ》がある。

「だれ⁉」

誰何《すいか》を投げながらも頭をよぎるのは、先日見た影のことだった。

チッ、と舌打ちのようなものが聞こえ、妻戸から影が身を翻《ひるがえ》す。火明かりが一瞬《いっしゅん》映しだしたのは、あきらかに女性のものではない、男の輪郭《りんかく》だった。

脱兎《だっと》のごとくとはこのことか、という勢いで床板《ゆかいた》を蹴《け》った男が、階《きざはし》から庭へと飛びおりる。

「待ちなさい！」

今度こそ逃《に》がしてなるものか、と百合は袴《はかま》の裾《すそ》をからげると、男を追って簀子縁《すのこえん》を駆けだした。

各殿舎《でんしゃ》の周囲は基本的に塀《へい》や立蔀《たてじとみ》で仕切られている。そこを抜《ぬ》けるには門か渡廊《わたろう》をとおるしかない。庭へおりたからといって、どこからでも抜けだせるわけではないのだ。

とはいえ、身を隠《かく》すところはそれなりにある。

「たしかにこっちへきたのに――あ！」

男が角を曲がってから追いつくまでのわずかな時間に姿を見失い、どこへ……と高欄《こうらん》からのりだすようにして目を凝《こ》らせば、身を屈《かが》めて渡廊の下を潜《くぐ》り抜けていく影があった。

「あれってやっぱり、前と同じ人よね？」

頭の中で後宮内の配置を思い描《えが》きながら、あちらは武官の詰《つ》め所があるからいかないはず、とむかうだろう方向へあたりをつけて足を進ませる。結果、必然的に前と同じような道筋をたどることになった。

これほど短期間に桐壺に侵入《しんにゅう》しようとする人物が複数いるとは、さすがに考えづらい。だとすると、あの人物の目的は一体なんなのだろうか。

「――いた」

思ったとおりだ、と見つけたうしろ姿を追う。

だが、男は男でこのあたりの構造には詳《くわ》しいのか、二人の距離《きょり》はひき離《はな》されていくばかりだ。

そもそも格好からして、身軽さが違う。

前回よりも粘《ねば》ったものの、やはり見失ってしまった姿に、百合はよろめくように手近な柱に手をついた。大きく肩《かた》で息をする。

「逃げ足、速すぎでしょ……」

今度こそと思ったのに、と男の消えた方を睨《にら》んだあと、呼吸を整えながら踵を返す。がくがくする足をひきずるようにきた道を戻っていく。

そのころになって、百合はあたりがずいぶんとものものしい雰囲気《ふんいき》に包まれていることに気がついた。

「なんだろう？」

遠くで声が飛び交《か》い、足音がいき交う気配に、首を傾《かし》げかけ、そういえばと合点《がてん》する。

「東宮さまが見回りを強化するよう進言するとかなんとか、言ってたような」

おまけにあれだけの悲鳴だ。桐壺の外へ聞こえていないはずがない。

「……くるならもっと早く駆けつけてよ」

そうしたらこんな苦労はしなくてすんだのに、と肩をおとしかけ、はたとあたりを見回す。

暑いくらいだった身体《からだ》がすっと冷える。

「待って。この状況《じょうきょう》って、わたしの方が怪《あや》しい人みたいじゃない？」

まずい、早く戻ろう――と思った時には一足遅《おそ》かった。

「――おいっ、そこでなにをしている」

背後からかかった鋭《するど》い声に、高く鼓動《こどう》が跳《は》ねた。

――どうしよう⁉　ここはもう正直に……けど、信じてもらえなかったら？

下手に手引きを疑われでもしたら、それこそ内裏《だいり》にはいられなくなる。

突然の事態に混乱して冷静さを失っていた百合は、今しも横から伸《の》びてきた腕《うで》のことなど目にもはいっていなかった。

その存在に気がついたのは、袖越《そでご》しに手首を摑《つか》まれたあとだった。

「！　やっ」

「――黙《だま》ってろ」

ぎょっとして振《ふ》り払おうとしたところを、逆に強くひきよせられる。低い囁《ささや》きとともにたくましいぬくもりに包まれ、頭が真っ白になる。

「――これは、宰相《さいしょう》の中将《ちゅうじょう》さま」

なにが起きているのかわからないまま硬直《こうちょく》する百合の耳に――というより、身体に直《じか》に響いた声が、肌《はだ》を、思考を震《ふる》わせる。

「おまえは……」

宰相の中将と呼ばれた声が、鋭さを和《やわ》らげた代わりに怪訝《けげん》さを宿したのがわかる。

「左兵衛佐《さひょうえのすけ》か。ここでなにをしている」

「嫌《いや》ですね、それは無粋《ぶすい》というものでしょう？」

場に似合わない朗《ほが》らかさとともに、身を包むぬくもりが一層近づく。

——……左兵衛佐？

聞いたことがある声と呼び名が、止まっていた思考に染みこんでいく。だれだったか、とぼんやりと考えた百合は、はっと我に返った。

——左兵衛佐って、三位局《さんみのつぼね》!?

勢いよく顔をあげようとしたところで、おとなしくしてろ、とばかりにぎゅっと拘束《こうそく》が強まる。

ここで抱《だ》きこまれているという事実に思い至った百合は、再び大混乱に陥《おちい》った。

——なにっ？　これってどういう状況なの……！

どうしてここに『左兵衛佐』がいるのか、なぜ彼の腕の中にいるのか、予想だにしない事態についていけない。

わかるのは、『黙って』『おとなしくしてろ』と無言で指示されていることだけだ。

今にも心の臓が胸を突《つ》き破らんばかりに騒《さわ》ぐ百合をよそに、頭上では二人のやりとりが続いていた。

「それにしても騒がしいようですが、なにかありましたか？」

「さきほどの悲鳴が聞こえなかったのか？」

「それは……申しわけありません」

「まったく……あの方といい、兄弟揃《そろ》って」

はあ、とむこうが嘆息《たんそく》したのがわかる。

「非番とはいえ、左兵衛佐の地位をいただく以上、宮中にいる間気を緩《ゆる》めるのは感心しない」

「心に留めておきますよ、義兄上《あに》」

「──ついでに、はめをはずしすぎるな」

女房《にょうぼう》どのも、と言い置いて気配が遠ざかっていく。

「……あの」

そろそろいいだろうか、とこの状況に耐《た》えかねてそっと声をあげた百合に、はーっと荒《あら》い溜《ため》息《いき》が返った。同時にすこし緩んだ力に、そろりと顔をあげる。

その目に映った姿に、瞬《まばた》きも忘れて凝視《ぎょうし》する。

──これが、左兵衛佐さま……。

見慣れてきたはずの顔だった。

だが、三位局の時にはおろされている髪《かみ》は、髻《もとどり》を結《ゆ》って冠《かんむり》におさめられ、あらわになった輪郭が彼の面立《おもだ》ちをぐっと鋭利《えいり》なものに見せていた。同じようにすっきりした首まわりには、男らしさというのか、女装している時にはない色気のようなものがある。

これ以上はない、というくらい熱かった顔に一層血がのぼるのがわかった。

三位局が男であると理解しているつもりだった。しかし、こうして面とむかってみると、『彼女』がいかに性を感じさせない美しさをまとっていたのかを実感する。

——これが、『龍臣』という人なんだ。

強く異性を意識してしまえば、まともに顔を見ていられなくなる。

あげたばかりの顔を逃げるように伏《ふ》せようとして——がしっと大きな両手で頭を摑まれ、阻《はば》まれる。そのままぐっと持ちあげるようにしてのぞきこまれ、百合は息を止めた。

「おまえ……こんなとこでなにをしてる」

「え、っと——」

「ちょうど俺がとおりかかったからよかったものの。——よもや、幽霊《ゆうれい》を追ってきたとか言うんじゃないだろうな？」

低い声に加えた目つきの険しさについ視線を泳がせるが、言い逃《のが》れは許さないとばかりにさらに縮まった距離に、百合はたまらず目を閉じていた。

「すみませんっ、そのよもやです！」

話すから離れてくれ、と両手で龍臣の身体を押し返せば、ちっと舌打ちが降ってきた。

「——こい」

「ちょ、待…っ」

手首をとられ、有無《うむ》を言わさずひっぱっていかれた先は、当然のごとく梨壺だった。

「――それで？　また幽霊を追いかけたとか？」

危ないって前に私は言ったよね？

笑顔《えがお》の東宮《とうぐう》を前に、「はい……」と百合は項垂《うなだ》れるしかない。

「なにがあった」

一から話せ、とこちらは不機嫌《ふきげん》さを隠《かく》さない龍臣の催促《さいそく》に、そろりと彼をうかがった。

「あの、今日は三位局は物忌《ものい》みだって聞いたんです、けど……」

気にかかっていることを口にした途端《とたん》、ぎろりと睨まれ、声が尻《しり》すぼみになる。

はあ、と龍臣が何度目かわからない長嘆息をおとした。

「三位局は物忌みで数日休みだ。代わりに、左兵衛佐が出仕して貴族側の動きを探《さぐ》ってたんだがな」

こんな日に騒ぎが起こったのはいいのか悪いのか、と苦々しく呟《つぶや》く。

その間もそれない二対《つい》のまなざしに、百合は今夜局にひきあげてから龍臣に出会うまでのことを洗いざらい話すはめになった。

「幽霊が前の桐壺女御《にょうご》さまの生霊《いきすだま》だなんて、とんでもない。あれはたしかに男でした」

最後に、これだけは間違《まちが》いないと断言すれば、笑みを消した東宮がつと眉《まゆ》をよせた。

「桐壺に侵入《しんにゆう》しようとした男……それだけ聞くと、香子姫《ひめ》の身を狙《ねら》う者のように思えるけれど。どう思う、龍臣？」

途中《とちゆう》で口を挟《はさ》むことなく厳しい表情で黙りこくっていた龍臣は、うつむきがちのままついっとこちらに目をむけた。

「……その男は、中へはいいろうとしてたんだな？」

「そうです。わたしの声に妻戸から身を翻《ひるがえ》しましたから」

逃《に》げようとしていたなら体勢を変える必要はない。

さっき見た光景を思い返しながら頷《うなず》いた百合に、もうひとつ、と龍臣は問いを重ねた。

「妻戸の錠《じよう》はかかってなかった？」

「！　手引きした者がいる、ということですか？」

言われて気づく。戸締《とじ》まりをしたあとで外から妻戸を簡単に開けられるはずがない。無理矢《むりや》理《り》こじ開けようとしたらそれなりの物音がするはずだが、すくなくとも百合は耳にしていなかった。

「……もしくは、香子姫本人が錠を開けさせておいた、かな」

「ああ、状況から考えるにその可能性は否定できん」

「え、どういうことですか？」

東宮と龍臣のやりとりに、無意識のうちに身をのりだす。

「そんな、まるで御息所《みやすどころ》さまが男をひきいれようとしたみたいな……」

自分で言いながら、徐々《じょじょ》に語尾《ごび》が細る。代わりにゆるゆると目を見開けば、龍臣が是《ぜ》とばかりに顎《あご》をひいた。

「あの女に、秘密裏《ひみつり》にかよってる男がいるかもしれないってことだ」

「まさか！　仮にも東宮の女御という身分にあろうお方が」

あまりのことにそれ以上の言葉もない百合に代わって口を開いたのは東宮だった。

「――根拠《こんきょ》はあるの？」

淡々《たんたん》とした声には、憤《いきどお》りも意外さもない。ただ、冷静に事態を見つめる瞳《ひとみ》があるだけだった。

「ああ。幽霊騒《ゆうれいさわ》ぎが広まってから、あの女は乳兄弟《ちきょうだい》の女房以外を夜になると早々にさがらせる。御帳台《みちょうだい》に籠《こ》もってるって話だが、昼間は怖《こわ》がってるような素振《そぶ》りもない。かえって機嫌《きげん》がいいくらいだ」

「空元気、ってことは……」

「俺の目を見てもういっぺん言ってみろ」

本当にそう思ってるのか、と言外に問われ、思わず口を閉《と》ざしてしまう。

ふん、と鼻を鳴らした龍臣は続けた。

「賊《ぞく》かなにかなら、悲鳴があがった時点で逃げるはずだ。いつ人がくるとも知れないからな。

にもかかわらず逆にはいろうとしてたってことは、中にさえはいってしまえば自分を匿《かくま》う、匿えるだけの力を持った人間がいるってことだろ」

それに、と彼はここではないどこかを見つめるように双眸《そうぼう》を細めた。

「文《ふみ》を頻繁《ひんぱん》にやりとりしてるのがひっかかる。本人はこっそりやってるつもりみたいだがな」

こそこそしているからこそ余計目をひく、との言葉に、あ、と思いあたるものがある。

「それ、写経《しゃきょう》らしいですよ」

「写経？」

あまりに意外だったのか、龍臣のみならず東宮からもあがった声が被《かぶ》る。

「はい。それこそ人目を忍《しの》んで文を運ぶ小春どのを偶然《ぐうぜん》見かけて聞いたんです。なんでも幽霊《ゆうれい》騒動《そうどう》がおさまるように、と願って寺へ奉納《ほうのう》させているとか」

昨日、小春から聞いた事情を説明した百合に、龍臣は得心するどころか、なおさら顔つきを険しくさせた。

「神仏にすがるほど怖がってる人間が、夜、それも早々に人払《ひとばら》いするか？」

「あ、そうですよね……普通《ふつう》あやかしを恐《おそ》れるなら、むしろ火を絶やさないようにしたり、なるべく多くの人に傍《そば》にいてほしいものですよね」

「たしかにね」

百合と東宮のあいづちに、「第一だ」と龍臣は桐壺の方角をちらりと見やった。

「昼間まったくそんな様子がないのに、その写経とやらをいつやってる？　夜、籠もってる間なら朝には墨《すみ》の匂《にお》いのひとつもするはずだ」

三位局《さんみのつぼね》として傍近くに伺候《しこう》する彼が言うなら、間違いはないだろう。

そう考えると、香子のしていることは矛盾《むじゅん》だらけだ。

「……このままじゃ埒《らち》があかない」

しばし考えこんでいた龍臣が、東宮へと首を巡《めぐ》らせた。

「明晩、あの女を召《め》せるか」

「──それはまた唐突《とうとつ》だね」

意外な言葉に、東宮がゆっくりと瞬《またた》く。

百合もまた、なにを言いだすのかと目を丸くして龍臣を見つめた。

「心配だのなんだの適当な理由をつけて、なんでもいいから梨壺へ呼びだせ」

「それで、龍臣はどうするんだい？　三位局は物忌みなんだろう？」

一方的な指示に憤るでもなく問うた東宮に、龍臣は口元に薄《うす》く笑みを浮《う》かべた。

「写経とやらを──文の正体をたしかめる」

「あいつの言う人影《ひとかげ》は、この中にいる可能性が高いが……」

大納言《だいなごん》以上の役職、及《およ》び各省の長《おさ》である卿をのぞく貴族たちには、宿直《とのい》という夜間の警護や職務のために内裏《だいり》や各役所へ宿泊《しゅくはく》する責務がある。それぞれ番が決まっており、その日宿直をする者の名簿《めいぼ》があらかじめ提出されるのだ。

昨晩宿直をした者の記録を密《ひそ》かに検《あらた》めながら、にしても、と龍臣は苦く息をついた。

「怖いもの知らずにも、ほどがあるだろ」

はじまりからしてそうだった。普通の女房《にょうぼう》なら夜一人で出歩こうなどとは思わないはずだ。見たことがないからあやかしの類《たぐい》を信じない、というのも普通ではないが、理屈《りくつ》としては理解できる。

「だからって、追いかけるか？」

都合がいい、と協力を要請《ようせい》したのはこちらだが、だれもそこまでしろとは言ってない。なのに自分から危険に突《つ》っこんでいくのだから、危なっかしすぎて目が離《はな》せない。おまけに、『三位局』の正体を知ったあとでも、多少見る目は変わったものの、挙動不審《ふしん》というほどの態度をとるわけでもない。

肝《きも》が据《す》わっているというのか、なんというのか――

「――変わった女だ」

そう溜息《ためいき》をつく龍臣の口元には、知らず笑みが浮かんでいた。

それに気づき、ひとつ頭《かぶり》を振《ふ》る。

「とりあえず、今は幽霊《ゆうれい》の正体をたしかめるのが先決だ」

入内《じゅだい》早々のこの騒動《そうどう》だ。大納言が強引《ごういん》に入内を推《お》し進めた理由と無関係だと思うほど、内裏という場所を知らないわけではない。

ひとまず昨日宿直した者の名を記憶《きおく》する。いざとなったら、一人一人あたってみるしかないだろうが、厄介《やっかい》なのは夜間控《ひか》えているのがここにのっている人物だけではない、ということだ。宿直を課せられていない公卿《くぎょう》たちも、なにかあった時のために宮中に与《あた》えられた部屋で控えていたりする。

「……まさか、な」

その場をあとにしながら、真っ先に浮かんだ面影《おもかげ》に龍臣は眉をよせた。

そこまでの節操なしではないはずだ、と思う反面、東宮《とうぐう》から聞かされた朔日《さくじつ》の件がひっかかる。

「――おや、ひさしぶりに見る顔がいるね」

あたかも見計らったかのごとくかかった声に、龍臣は弾《はじ》かれたように振り返った。

「……兄上」

笑《え》みを浮かべて歩みよってくるのは、今まさに思い浮かべていた、兄・朱貞だった。

「元気だったかい……っと、聞くだけ野暮《やぼ》というものだね」

崩《くず》さない笑顔で語りかけてくる兄は、自分が長く臥《ふ》せっていた、という話を当然知っているはずだ。そして、それが方便だということも。なにしろ、左大臣邸《てい》からしょっちゅう抜《ぬ》けだしているのはこの兄も知るところだ。

「兄上はあいかわらずご活躍《かつやく》の様子で」

しかし、ちくりと刺《さ》されたのには気づかないふりで、龍臣もまた表面上はにこやかに受けた。端《はた》から見たら、さぞ仲のいい兄弟に見えることだろう。

他愛《たあい》のない、ついでに実りもない会話を交《か》わしながら、さてどうやって探《さぐ》りをいれようか、と思案する。

笑顔であたりは柔《やわ》らかだが、東宮以上に食えないのがこの兄だ。なまなかなやり方では、柳《やなぎ》に風とばかりに受け流されるのがおちだ。

だが、悩《なや》むこちらをよそに、先に切りこんできたのは朱貞の方だった。

「――そういえば、知っているかい？　桐壺に珍《めずら》しい花が咲《さ》いているのを」

「珍しい花、ですか」

内心の動揺《どうよう》をかろうじて抑《おさ》えこむ。

――百合のことか？　まさかとは思うが……いや、知るはずがない。

三位局のことは耳にくらいはいっているかもしれないが、珍しいというほどの根拠はないはずだ。

しかし、侮《あなど》れないのがこの兄でもある。

「桐壺御息所《みやすどころ》さまが内裏にはいられてからまだひと月くらいでしょうに、あいかわらずの早耳ですね」

何食わぬ顔で告げながら注意深くうかがう龍臣に、朱貞は軽く肩《かた》を竦《すく》めた。

「初々《ういうい》しく花が咲き誇《ほこ》っていたら、自然と目がいくものだろう？　そして、足を踏《ふ》みいれてみたくなるのが人の性《さが》というものだ。一際《ひときわ》匂いたつ花があれば、なおのこと」

そう薄く笑んだ兄に、ぴくりと眉《まゆ》が動く。

――これは、どういう意味だ？

朱貞が今より若いころは『今業平《なりひら》』と呼ばれ、色好みで鳴らしたのはだれもが知るところだ。屋敷《やしき》を構えて北の方を迎《むか》えてからはおちついていたが、今なお、女性はだれもが花、と言ってはばからない。

――いつもの戯《ざ》れ言か。それとも……。

『まさか』が色濃《いろこ》さを増していく。

色好み云々《うんぬん》関係なく、この兄ならば自分の目的のために東宮女御《にょうご》の一人、醜聞《しゅうぶん》へ陥《おとしい》れても不思議はない。

「……」

片や感情の読めない笑顔、片や作り笑いの兄弟の間に沈黙《ちんもく》がおちる。――と、それを縫《ぬ》うようにして、ひとつの鳴き声があたりに響《ひび》き渡《わた》った。

ホーホケキョ、と鳴くそれは鶯《うぐいす》だ。

ひどく場違《ばちが》いな鳴き声に、一気に緊張《きんちょう》が解ける。

二人は揃《そろ》って声の方へと首を巡らせた。

「……ずいぶんとまあ、季節外れの鶯だね」

「……兄上にむかって鳴いてるんじゃないですか？」

「分別を弁《わきま》えろって？　言ってくれるじゃないか」

苦笑《くしょう》した朱貞がちらっと龍臣を一瞥《いちべつ》したあと、鳴き声へと視線を戻《もど》す。

「——まあ、梅に鶯、とはかぎらないけれどね」

「？　なにを言って……」

一言、聞こえるか聞こえないかの声で独りごちた兄に、どういう意味だと目を戻せば、

「さて？　なんのことやら」

笑い含《ふく》みに言い置いて、すっと横をとおり抜けていく。

「おまえこそ、なにを企《たくら》んでいるのか知らないが、せいぜい気をつけることだよ」

珍しい花というのはそれだけ摘《つ》まれやすいものだからね。

よぎりざまに囁《ささや》いてゆったりと遠ざかっていく背中を、龍臣は険しい目つきで見送った。

「——どこまで気づいてやがる、くそ兄貴め」

歯噛《はが》みするように吐《は》き捨てて、龍臣もまたその背を追うようにして足を踏みだす。
二人が去ったあとに残ったのは、のどかに響く鶯の鳴き声だけだった。

四 ✿ 偽《いつわ》りの香《か》

香炉《こうろ》をささげた女童《めのわらわ》を先頭に、しずしずと女房《にょうぼう》たちが梨壺へと渡っていく。ちょうど中ごろあたり、女房たちが持つ几帳《きちょう》の奥にいるのは香子だ。

前後を女房たちにかしずかれ、東宮の御殿《ごてん》へとあがっていく。

その一行を戸の陰《かげ》から見送って、百合は静かに奥へ声をかけた。

「梨壺へはいられたわ」

「――よし、やるぞ」

物陰《ものかげ》から手燭《てしょく》を持って現れたのは、物忌《ものい》み中のはずの三位局《さんみのつぼね》だった。

三位局くらいの上級女房になると、女御が東宮の寝所《しんじょ》へとあがる際、ともに侍《はべ》ることになる。陰陽道《おんみょうどう》的に日が悪かったり、穢《けが》れに触《ふ》れたりしたために、家や局に籠《こ》もって心身を慎《つつし》む必要のある物忌みでもなければ、こうして御殿に残ることはない。

幽霊の正体が男だと知れた翌《あく》る晩。

手はずどおり、東宮は香子を寝所へと召《め》した。

最初はあやかしで穢れがどうの、と東宮のお召しを渋《しぶ》っていた香子だったが、

「ええ、それも東宮《とうぐう》さまはご心配あそばされて。昨日の今日ではなおさら心細く、そちらでは安まらないだろうから、と」

使いの女房にそうまで言われては拒《こば》むこともできず、寝所へとあがっていった。とりまきの女房たちはもちろん、小春も一緒《いっしょ》だ。

そうして、がらんと人気《ひとけ》のなくなった母屋《もや》へと百合と三位局は忍《しの》びこんだのである。

母屋の主《あるじ》はいなくなったとはいえ、百合のように供をするほどの地位になく、桐壺に残っている女房たちもいる。家捜《やさが》しは極力物音をたてないよう、なおかつ探った痕跡《こんせき》が残らないよう、慎重《しんちょう》におこなわれた。

「俺は唐櫃《からびつ》をたしかめる。おまえは厨子《ずし》の中をたしかめてくれ」

致《いた》し方ないこととはいえ、他人のものを漁《あさ》る罪悪感を覚えながら、百合は黒塗《くろぬり》の二段になった棚《たな》へと歩みよった。

上の段は香炉などが飾《かざ》られているだけでそれらしいものはない。次に、両開きの扉《とびら》になっている下段を開いてのぞきこんでみる。と、奥の方に螺鈿《らでん》の施《ほどこ》された漆塗《うるしぬ》りの文箱《ふばこ》のようなものがあった。

百合は両手でそっと持ちあげて棚からとりだすと、床《ゆか》へと置いた。小さく喉《のど》を上下させて、恐《おそ》る恐る蓋《ふた》を持ちあげる。

「これ……」

途端《とたん》、鼻先をくすぐったのは、丁子《ちょうじ》の香《かお》りだった。

「あったか？」

呟《つぶや》きを拾って、手燭を持った三位局が近づいてくる。

「まだわかりませんけど、おそらく」

用心深く答えながらも、箱におさめられた文《ふみ》の束に、間違《まちが》いはない、と勘《かん》が告げてくる。

写経《しゃきょう》に香染《こうぞめ》を使うのはわかる。が、寺とのやりとりにまで使う必要はない。

こうしてみると『香染』そのものが、なにかの印というのか符丁《ふちょう》なのではないかと思えた。

底の方の文のひとつを手にとる。以前、小春が手にしているのを見た時同様立て文の仕様になっているそれを慎重に解いていく。

外の包みを外せば、丁子の甘い香りがより鮮明《せんめい》なものになる。

はらり、と開いた文面に目をおとした百合の唇《くちびる》から漏《も》れたのは、溜息《ためいき》だった。

「『思えども　雲居はるかに　鳴る神の　音に聞きつつ　会ふよしもなし』、ね……」

うしろから灯《あか》りを掲《かか》げた三位局がのぞきこみ、それを詠《よ》みあげる。

「まごうことなき、懸想文《けそうぶみ》、だな」

「ええ、見間違いようもなく」

『雲居』とは雲が浮《う》かぶ空、すなわち距離《きょり》が遠く離《はな》れていることを意味する。『鳴る神の　音に聞きつつ』はかみなりの音を聞くように噂《うわさ》を耳にする、という意味だ。

すなわち、『いくらあなたを恋《こい》しく思っても、あなたと私の間には雲の浮かぶ空の彼方《かなた》ほどの隔《へだ》たりがあって、その空で鳴るかみなりの音を聞くようにあなたの噂を耳にするばかりで、お会いする術《すべ》もありません』ということになる。

これだけでも、会えない相手に恋《こ》い焦《こ》がれる男の歌だが、この歌で重要なのは『雲居』にはもうひとつ意味があることだ。

宮中には、内裏《だいり》、御所《ごしょ》、禁中などさまざまな表し方があるが、雲上、九重《ここのえ》などという呼び方もある。雲居もそのうちのひとつだ。

それを踏《ふ》まえて解釈《かいしゃく》すると、この歌は『後宮にあがってしまったあなたの噂を聞くばかりで、会うことも叶《かな》わない』と身分違《ちが》いの恋を嘆《なげ》くもの、ということになる。

「――下手な歌だ」

まずいものでも口にしたように零《こぼ》した三位局に、百合はつい苦笑した。

「まあ、たしかに。素直《すなお》な気持ちは伝わりますけど、そのまますぎます。なにより、これじゃあただの真似《まね》ですよね」

古今和歌集《こきんわかしゅう》に古《いにしえ》の歌人紀貫之《きのつらゆき》の詠んだこんな歌がある。

『逢《あ》ふことは　雲居はるかに　なる神の　音に聞きつつ　恋ひわたるかな』

会うことのできない相手を恋しく思う、という点では同じ意味だ。

和歌には、先人の詠んだ歌をもとに新しい歌を作る、という技巧《ぎこう》があるが、前後が多少違う程度では技巧というにはお粗末《そまつ》だろう。

「これがあの男の恋文《こいぶみ》だとしたら、『今業平』の名折れだな」

もっとも手が違うが。

悪態をつきながらもどこかほっとしたような呟きに、百合は三位局の方を見やり、すぐそこにあった秀麗《しゅうれい》な面《おもて》に慌《あわ》てて顔を戻《もど》した。

——近すぎでしょ…っ
今さらながら、覆《おお》い被《かぶ》さるようにしてこちらの手元をのぞきこむ三位局に、胸がどきどきいいはじめる。またそれが聞こえてしまうのではないかと、動揺《どうよう》に輪をかける。

目の前の文を凝視《ぎょうし》してうしろに意識がむきそうになるのを懸命《けんめい》にそらしながら、百合はぎこちなく口を開いた。

「その、あの男って、左大将さまのこと、ですか?」

「ああ、意味深な忠告を受けてただろ。幽霊《ゆうれい》の正体があれなら面倒《めんどう》なことになると思ったが、違ったらしい」

「だとしたら、あの方は一体どういうつもりであんなことを」

「ま、そいつは追い追い考えるとして、だ」

まずは、とすっと顔の横から伸《の》びてきた手に、びくっと身動《みじろ》ぐ。

龍臣はこちらのうろたえを喉で笑いながら、手から文を抜《ぬ》きとった。

「どうした？」

「──っ」

ついでのように耳打ちされ、首を竦《すく》めた百合は、かっと頬《ほお》に朱《しゅ》を散らせた。

──絶対、わかっててやってる……！

今までも『三位局』の姿の時に『女性』だと思っていたわけではない。しかし、『龍臣』の姿を知ってしまったあとでは、どうあっても『彼』にしか見えないのだ。おまけに、とりつくろわないこの口調だ。

だからこそ、これは『三位局』なのだと意図的に意識しないようにしていたのに、ここまで接近されると『龍臣』を意識せざるを得なくなる。

「ちょっと驚《おどろ》いただけです！　というか、離れてください…っ」

「騒《さわ》ぐな。だれかきたらどうする」

はっとして口をつぐんだものの、だれが声を荒《あら》げさせているのだと横目で睨《にら》む。

「『女同士』ならどうってことないだろ、これくらい」

「だれが『女同士』なんですか」

きっ、と赤くなった目元に力をこめた百合に、龍臣はふっと片笑《かたえ》んだ。

「なんだ？　『男女の仲』をお望みか？──夜に男女が部屋に二人きりとなれば、やることはひとつだな」

「――ッ」

そう、耳朶《じだ》に触《ふ》れるか触れないかの距離で囁《ささや》いた唇に、百合はぎょっとして反射的に飛び退《の》こうとする。が、うしろから覆い被さるようにして回されていた腕《うで》に阻《はば》まれる。

「――っと、危ねえな」

火の傍《そば》で暴れるやつがあるか、と揺《ゆ》らいだ手燭《てしよく》を支え直した龍臣に、どんな言いがかりだ、と眦《まなじり》を吊《つ》りあげた。

「な…っ、そっちがッ――」

「だから、騒ぐなって」

再び嚙《か》みつきかけたところを、すかさず袖《そで》で塞《ふさ》がれる。

もごっ……ともがきかけた百合は、しかし目にはいった反対側の手に握《にぎ》られた火に動きを止めるざるを得なかった。

「静かにしろよ？」

「……」

そっちがからかうような真似しなきゃいいだけでしょ！　と目顔で詰《なじ》りつつ、渋々《しぶしぶ》頷《うなず》く。

表情からばればれ、と言うだけあってきっちり読みとったらしい龍臣が、くくっと喉を震《ふる》わせながら袖を離した。

「からかいがいのあるやつだ」

――この人は…っ

楽しげに肩《かた》を揺らす相手に声をあげかけるが、また塞がれてはたまらない、と唇を噛んで睨みつける。

「……遊んでる場合じゃないと思いますけど」

それでも口を突《つ》いた文句を笑みひとつでかわして、龍臣は手にしていた文をひらりと揺らした。

「まあ、そいつはさておき。――これと同じものを作れるか？」

百合はいまだに燻《くすぶ》る熱を嘆息《たんそく》とともに逃《に》がすと、文へと意識を切り替《か》えた。――そうでもしないと、とても平静を装《よそお》えそうもなかった。

「これ、というと……文に使われている染紙、ですか？」

「ああ」

龍臣の手が持つ灯りが、百合の手元――文箱《ふばこ》の中を照らしだす。

「こんだけご丁寧《ていねい》にとってあるってことは、相手の……この男の一方通行ってことはまずないだろ」

「たしかに……この文箱も厨子《ずし》の奥に隠《かく》すように置いてありましたし」

香子も相手を憎《にく》からず想《おも》っていて、なおかつ、許されざるものだと自覚しているということだ。

「おまえが見た『写経《しゃきょう》』とやらもこれを使ってたってことは、やりとりはすべてこの紙で、とおそらく決まってるんだろ。だれからの文《ふみ》か受けとった時点でわかれば、不用意に人前で開く愚《ぐ》を犯《おか》さずにすむからな。あとは、この文を桐壺《こつぼ》からだすってこと自体、なにかの合図になってる可能性が高い。――男に不用意に訪ねてこられて困るのはあの女だしな」

用心深いってのか、悪知恵《わるぢえ》は働くってのか。

呆《あき》れたような、腹立たしいような声音《こわね》で言い捨てた龍臣に、彼もまたこの染紙こそが秘密のやりとりの胆《きも》だと考えているらしい、と知る。

「それで？」

どうなんだ、と再度問われ、百合はこわばった顔つきで首肯《しゅこう》した。

「見本があれば、なんとか」

「なら、頼《たの》む。そいつを使って、男を誘《さそ》いだす」

罠《わな》を張る。

そう告げる龍臣に、胸の奥がちくりと痛む。

香子が相手とどれほどのつきあいなのかはわからないが、彼女は東宮《とうぐう》の女御《にょうご》なのだ。その恋が成就《じょうじゅ》することはないし、東宮に対する立派な背信行為《こうい》になる。

正直、彼女が叶わぬ恋に身を焦がしているなどとは信じられないが、証《あかし》がこうして目の前にあるのだ。だれにも言えぬ想いを抱《かか》えているのだと思えば、同じ女性として苦しい。

一方で、自らを『いずれその座を逐《お》われる者』と自嘲《じちょう》するあの方を裏切っているのだと思うと、許せない。

そのどちらもが百合の偽《いつわ》らざる思いだった。

——だけど、このままでいいわけない。

百合は自らに言い聞かせるように頷《うなず》くと、目の前にさしだされた文へとおもむろに手を伸ばした。


香染《こうぞめ》は丁子染《ちょうじぞめ》とも呼ばれるように、香料《こうりょう》である丁子を使って染められるのが本来だ。しかし、丁子は渡来《とらい》品のため、貧乏《びんぼう》貴族においそれと手がだせるような代物《しろもの》ではない。それは一般《いっぱん》的に言えることで、紅花《べにばな》と梔子《くちなし》で代用して染めたものを『香染』としたりもする。

「——それがこれだけ贅沢《ぜいたく》に使えるって」

むせかえるような甘い香《かお》りに包まれながら、百合は丁子を煮出《にだ》した染料《せんりょう》で紙を染色していった。

同じ丁子を使った染めでも、色合いによってその名称《めいしょう》は異なる。

黄褐色《おうかっしょく》が濃《こ》ければ『濃き香』または『こがれ香』と呼ばれ、淡《あわ》ければ『淡き香』や『香色』と称《しょう》される。『香染』はちょうど中間にあたる。

とはいえ、染料の量だけでなく、染める時間や回数、発色させ定着させる媒染剤《ばいせんざい》の有無《うむ》など微妙《びみょう》な差で色合いは異なってくる。極力同じ色に染めるには、染め手の技術に裏打ちされた勘《かん》と細心の注意が必要だった。

「こんなものかな」

色々試行錯誤《さくご》しながら、何種類かを何枚かずつ染めあげる。ほとんど扱《あつか》ったことのない染料だけに不安が残るが、最悪一枚だけでも同じものが仕上がればいいのだ。

あとは乾《かわ》くのを待つしかない、と百合はその場の者にあとを任せると、人目を避《さ》けて局《つぼね》へと戻《もど》った。手早く、あらかじめ香を焚《た》きしめていた衣裳《いしょう》へと着替《きが》え直す。

「……匂《にお》いが残ってないといいんだけど」

さすがに丁子の匂いをぷんぷんさせていたら、ほかの女房《にょうぼう》にもなにをしていたのかと訝《いぶか》しまれる。

一応作業中は布で覆《おお》っていた髪《かみ》を一房《ひとふさ》とって匂いを嗅《か》いでみるが、ずっと強い香りの中にいたために鼻がおかしくなっているのか、いまいちわからない。とりあえずなにか指摘《してき》されたら、新しい香を試《ため》してみたのだと誤魔化《ごまか》すしかないだろう。

そう思いつつ、局をでて他の女房たちの控《ひか》えている場へ戻ろうとした百合は、ふと簀子縁《すのこえん》にたたずむ人影《ひとかげ》に目を留めた。

「小春どの……」

思わず口を突いた呟《つぶや》きに、なにかを憂《うれ》うのかぼんやりと庭を眺《なが》めおろしていた小春が、はっとこちらを振《ふ》り返った。

しまった、と思うが、目があってしまったこの状況《じょうきょう》で無視したら、なにかあると言っているようなものだ。

よりにもよって……と残り香《が》がないことを祈《いの》りつつ、百合はゆっくりと彼女の方へと歩みよっていった。

「そのような場所でどうかされましたか？」

「深草式部どの……」

小春の顔は遠目にも濃い疲労《ひろう》が滲《にじ》んで見えた。案の定、

「……いえ、ここのところの幽霊騒《ゆうれいさわ》ぎですこし疲《つか》れてしまって」

ついぼんやりしてしまった、と嘆息をおとす姿にも陰《かげ》がある。

匂いがわかりづらいようさりげなく距離《きょり》を置いて、庭を眺めるふりをしながら横目に彼女の顔をうかがった百合は、軽く眉《まゆ》をよせた。

「――大丈夫《だいじょうぶ》ですか？」

香子は人払《ひとばら》いをしても、小春だけは傍近くに置いている。乳兄弟《ちきょうだい》という気易《きやす》い立場から、文の使いを筆頭に色々と協力させられているのだろう。

そして、気の優《やさ》しい彼女はそれを拒《こば》んだり、咎《とが》めだてできずにいることは想像に難《かた》くない。

けれど、普通《ふつう》の感覚の持ち主であったら、いくら主《あるじ》の命とはいえ東宮を裏切る行為に恐《おそ》れを抱《いだ》かないはずがない。

それらの板挟《いたばさ》みにあい、小春はさぞ神経をすり減らしていることだろう。

「お気遣《きづか》いありがとうございます。でも、大丈夫ですから」

儚《はかな》げな微笑《ほほえ》みは、とても大丈夫だとは思えない。

それでも泣き言ひとつ漏《も》らそうとはせず、では、とこちらに背をむけた彼女に、胸が軋《きし》んだ。

──今思うと、幽霊の噂《うわさ》も御息所《みやすどころ》さまに言われて彼女が広めてたのかな……。

幽霊騒ぎが広まれば、恐れをなした女房たちは夜、不用意に出歩かなくなる。人影《ひとかげ》を見ても幽霊だと思うようになるだろう。

だれにもばれてはいけない秘密の恋《こい》を抱えた香子には、好都合だったはずだ。

まだ恋をしたことのない自分には、なにがそこまでさせるのかは、わからない。わかるのは、この『恋』に関《かか》わった者たちはだれ一人幸せにはならないということだけだ。

溜息《ためいき》とともに踵《きびす》を返そうとした百合は、視線を動かした拍子《ひょうし》に目にはいった低い木に動きを止めた。

「山吹《やまぶき》、か」

すでに花も終わらせて、ただ葉を生《お》い茂《しげ》らせているだけの木に、今の状況もあいまってひとつの歌が脳裏《のうり》をよぎった。

「花咲《さ》きて　実はならねども　長き日《け》に　思ほゆるかも　山吹の花――」

花は咲いても実はならないけれど、長い間咲くことを思い続けてきた――と山吹の花を詠《よ》んだ、万葉集の一句だ。

八重《やえ》山吹《やまぶき》は花を咲かせても実をつけないという。それを思うと、この春の歌がまるで『実らない』恋――香子の今を詠《うた》っているようだった。

実らなくても咲かせてしまうのが恋の花なのだろうか。

「……ならぬ恋」

ぼんやりと『ならぬ』木を見つめた百合の脳裏に、淡い面影《おもかげ》が浮《う》かぶ。

しかし、瞬《まばた》きひとつでそれを払《はら》うと、気づかなかったふりをした。

「――さて、わたしも戻らないと」

あまり長く姿を消していては、受けなくていい詮索《せんさく》を受けることになるだけだ。

そう百合は足を急がせた。

その時、肩越《かたご》しにでも振り返っていたら気づいただろう。信じられないものでも見るようなまなざしで、自分を凝視《ぎょうし》する小春の姿に。

なにげなく零《こぼ》した呟きが、彼女の耳にも届いていたことに――。

「もう、このような真似《まね》はおよしくださいっ」

頼《たよ》りない灯《あか》りが揺《ゆ》れる、しん、とした夜の静寂《せいじゃく》の中、今にも泣きそうに上擦《うわず》った声が必死に言い募《つの》る。

「深草式部どのはなにかに気づいておられます。このままでは……」

昼間は華《はな》やかな人々で賑《にぎ》わう場所も、今はふたつの影が火明かりに浮かびあがるきりだ。

「いやよ」

「姫《ひめ》さま…ッ」

とりすがる声を、無情な一言がぴしりとはね除《の》ける。

「なんのために元桐壺女御《にょうご》を持ちだしてまで、ここから人を遠ざけたと思ってるの？　すべてはあの方にお会いするためじゃない」

そもそもよ、と唇《くちびる》を尖《とが》らせて続けた声には、強い不満が滲んでいた。

「なぜ、わたくしが名ばかりの東宮《とうぐう》に仕えなきゃならないの。おかげで、屋敷《やしき》にいたころはなよ竹のかぐや姫もかくやと届いていた恋文《こいぶみ》だってこなくなっちゃったじゃない」

「それは大殿《おとど》さまがお決めになられたことで、」

「それでも、あの方だけはわたくしに文をくださったの。わたくしのことを本当に想《おも》ってくださる証《あかし》だわ」

さし挟《はさ》まれた言い分になど耳も貸さず言い募り、うっとりと溜息をつく。

「ああ……どうして、こうなる前にあの方の想いを信じてさしあげなかったのかしら。恋多き方だから、わたくしのことも戯《たわむ》れかと疑っていたの。そうでなければ、今ごろだれにはばかることなくお会いできたのに……」

そう嘆《なげ》く声には、疑いようのない愉悦《ゆえつ》が滲み、もはやまわりなど目にも耳にもはいってはいないのは明白だった。

「きっと、これは天が二人に与《あた》えたもうた試練なのね。——東宮の女御と臣下の、道ならぬ秘密の恋路《こいじ》なんて、まるで絵物語のよう！」

「——香子、それはどういうことだ⁉」

突然《とつぜん》割ってはいった怒声《どせい》に、ふたつの影——香子と小春は弾《はじ》かれたように妻戸の方を見やった。

「お父さまッ？」

「大殿さま……！」

そこにあった乱入者に香子は手にしていた扇《おうぎ》をとりおとし、小春は慌《あわ》てて面《おもて》を伏《ふ》せる。

二人が驚《おどろ》きに固まる中、香子の父である大納言《だいなごん》好文はずかずかと荒《あら》い足どりで歩みよってきた。

「桐壺にあやかしがでたと聞いて、さぞ心細い夜をすごしているだろうとなんとか時間を作ってきてみれば……今のはどういう意味だ？　まさか、おまえ、いまだにどこぞの馬の骨とも知れぬ男と……！」

「馬の骨なんかじゃありませんわ」

好文が怒《いか》り任せに言い募るうちに我に返ったらしい香子は、つん、とそっぽをむいた。

「臣下の分を忘れ、東宮の女御にちょっかいをかけるような恥知《はじし》らず、馬の骨で十分だ！　小春、おまえもだ。おまえがついていながら、なんということをしでかしてくれた……っ」

娘《むすめ》の態度にぶるぶると拳《こぶし》を震《ふる》わせた好文が、矛先《ほこさき》を小春にむける。降り注いだ怒気《どき》に、彼女は伏せたままひたすら身を縮こまらせた。

「め、面目次第《めんもくしだい》もございません」

「！　まさか、先日でたあやかしというのは……」

「……」

娘たちから返った沈黙《ちんもく》に、好文は愕然《がくぜん》と目を瞠《みは》るとくずおれるように床《ゆか》へ膝《ひざ》をついた。

「東宮の女御という身にありながら、男をひきいれるなど……まことに、なんということをしてくれたのだ、おまえは」

「――ひきいれていないわ。せっかく元桐壺女御の生霊《いきすだま》がでるって、いかにもありそうで恐ろしげな噂を広めて人を近づけないようにしてたのに、いざという時にかぎっていつも邪魔《じゃま》がはいるんだもの」

肝心な時はだれも駆《か》けつけてこないくせに……と愚痴《ぐち》る香子に、

「ひきいれていなければいい、という問題ではない…っ」

好文が頭を抱《かか》える。

そんな父親の姿に、香子は冷ややかな目をむけた。

「もとはといえば、お父さまが悪いのよ。わたくしをこんなところに押しこんで」

「わしとてこんなところにおまえをいれる予定はなかったわ！」

箍《たが》がはずれたように叫《さけ》んだ好文が、だんっと床へ拳を叩《たた》きつける。

「おまえが生まれた時より、いずれは女御に、と育ててきたのだ。それを藤壺宮のご懐妊《かいにん》や宮のご誕生で主上《おかみ》が新たな女御の入内《じゅだい》を渋《しぶ》っておられる間に、勝手に文のやりとりなんぞはじめよってからに…っ」

「中宮《ちゅうぐう》ならともかく、幾人《いくにん》もいる妃《きさき》の一人になるなどごめんだわ」

男は侍《はべ》らせるもので、侍るものではない。

いずれは女御に……と蝶《ちょう》よ花よと育てた結果、おかしな方向へ気位の高さを肥大化させた娘に、好文はどこで間違《まちが》ったのかと痛むこめかみを押さえた。

娘にとって、家にとって、最良の縁《えん》をと奔走《ほんそう》する間に、当の香子が気がつけばどこのだれとも知れぬ相手と文をとり交《か》わすようになっていた。当然、だれかと問いつめ、反対したものの、聞く耳を持つような娘ではない。

これはまずい、と意図しない相手ととりかえしのつかないことになる前に、慌てて東宮の女御へと切り替《か》え、入内させたのである。

今さらそこらの公達《きんだち》と縁を結ぶくらいなら、こんなところの方がましだと判断したのだ。

帝《みかど》が異母弟である東宮を気にかけているのは昔から周知の事実で、香子を通じて東宮の後ろ盾《だて》となることで、東宮はもちろん帝に対しても恩を売ることができる。いずれ東宮が今の地位を廃《はい》されたとしても、なにかの折には便宜《べんぎ》を図《はか》ってもらえるはず、と踏《ふ》んだのだ。

にもかかわらず、当の香子がこれでは恩を売るどころの騒《さわ》ぎではない。

仮にも東宮の女御なのだ。他の男と文のやりとりをしている、あまつさえ与えられた殿舎へひきいれようとしたなどと知れたら、香子だけではない、自らの地位すらも危《あや》うい。

しかも、男をひきいれるために元桐壺女御を貶《おとし》めてまで幽霊騒《ゆうれいさわ》ぎを起こしたという。おそらく噂《うわさ》のことをこのあとどう始末するかなど、考えてもいないに違《ちが》いない。

「……こんな騒ぎを起こして、どうするつもりだ」

唸《うな》るように問うた好文に、案の定、香子はきょとんとした。

「放《ほう》っておけばいいでしょう？」

「幽霊《ゆうれい》の噂は、すでに藤壺宮まで届いている」

「それが？」

知ったことではない、と気にした素振《そぶ》りもない香子は、中宮経由で帝の耳にまで届いていることに気づいているのか、いないのか……。

ここまでことが大きくなれば、放っておいたらおさまるというものではない。

「……このこと、おまえたち以外に知る者はないな？」

怒《いか》りのあまりずきずきと痛むこめかみを押さえ、どう始末をつけたものかと考えを巡《めぐ》らせる好文に、小春がおずおずと顔をあげた。

「あの……」

「なんだ」

「ひ、姫さまには申しあげましたが、深草式部どのはおそらくなにかに気づいておられます。悲鳴を聞いて駆けつけてこられたので、もしやなにか見たのでは、と……」

「深草式部？　だれだ」

一気に顔つきを険しくさせた好文に、小春が青くさせた顔で声を震わせた。

「式部大輔《しきぶのたいふ》さまのところの……」

「あれか」

楽や歌の才以外、めだったところのない男を思い浮《う》かべる。その娘ともなれば発言力のほども知れるが、余計なことを言いふらされる前に始末した方が身のためだ。

「適当な理由をつけて、すぐにでも——」

家へ戻《もど》す、と言いかけた好文は、待てよ、と考えこむ。

どうせ幽霊騒ぎの後始末は必要なのだ。ならば、いっそその責も被《かぶ》ってもらえばいい。

「没落《ぼつらく》した一族、というのも都合がいい」

妙案《みょうあん》だ、とばかりに好文は唇《くちびる》を歪《ゆが》めたあと、一転厳しいまなざしで香子と小春を睥睨《へいげい》した。

「この始末はこちらでつける。くれぐれもこれ以上勝手な真似《まね》はするんじゃないぞ。相手の男と連絡《れんらく》をとりあうなど、もってのほかだ」

いいな？　と固く念押しして、好文は桐壺をあとにした。

百合は染めあがった料紙を龍臣へとさしだした。

「早かったな」

「ここのところ陽気がいい日が続いたので、早く乾《かわ》きました」

「そういう意味じゃない」

まあいい、と呆《あき》れたように息をついた龍臣に、どういう意味だとむっとするが、彼はかまわずさしだされた包みを解《ほど》いた。

一枚を手にとり、明かりに透《す》かすように掲《かか》げ見る。ついで、見本として持っていた例の懸想《けそう》文《ぶみ》の隣《となり》へ並べると、まじまじと見比べた。

一連の動作を息を呑《の》んで見守った百合は、小さく頷《うなず》いた龍臣に安堵《あんど》の吐息《といき》を零《こぼ》した。

「よくできてる。さすがだ」

飾《かざ》り気のない素直《すなお》な褒《ほ》め言葉に、頬《ほお》が熱くなる。

できると思ったからひき受けたが、だからこその不安もあった。無事期待に応《こた》えられた嬉《うれ》しさはひとしおだ。

「最悪、一枚だけでもと思ってましたけど、ことのほか上手《うま》くいきました」

夜の火の下では色具合の確認《かくにん》はできないため、昼間にこっそりと三位局《さんみのつぼね》に与《あた》えられた局でおちあった二人は、満足げに頷きあった。

「罠《わな》を張るって言ってましたけど……中はどうするんですか？」

いくら外側を似せたところで、肝心の中身——歌はともかく筆跡《ひっせき》が違っていたら、相手の男も違和感《いわかん》を覚えるだろう。自分が危うい橋を渡《わた》っているという自覚があればあるほど、用心するはずだ。

「そいつはそれらしく真似るさ」

そこについては任せろ、と龍臣はあわせから折った紙をとりだした。全体的に皺《しわ》んだそれを渡され、慎重《しんちょう》な手つきで開く。

「これは……御息所《みやすどころ》さまの手、ですか？」

「ああ。捨てられた書き損じを拾っといた。すこし癖《くせ》がある分、写しやすい」

これを参考に香子の手跡《しゅせき》を真似る、ということらしい。

「文の用意はいいとして、あとは男のもとへ運ぶ方法だが……」

いったん言葉を切って、龍臣は百合を見た。

「前、文を運ぶ小春を見たと言ってたが、文使いのことは見かけたか？」

「あ！　はい、大納言《だいなごん》家の家人らしき人に文を預けているのを見ました」

彼の指摘《してき》に、小春から文を受けとっていた狩衣《かりぎぬ》姿の男を思いだす。

「そいつはおそらく大納言か息子《むすこ》の雑色《ぞうしき》だろう。顔は？」

「覚えてます」

身分の高い者たちになると、随身や雑色といった護衛の武官や雑役《ざつえき》——ようは使いっ走りなど雑務をおこなう者がつき従っている。随身なら武装をしているはずだから、彼の言うとおりあれは雑色だろう。

「そいつを捜《さが》して文を渡せるか？」

「小春どのの代理のふりをして渡せばいいんですね？」

どれだけ気を配って文をしたためたところで、相手に届かなくては意味がない。

そもそも文とは確実に相手に届くとはかぎらないのだ。相手が留守や物忌《ものい》みで受けとってもらえず持ち帰られることもあるし、使いの者が間違《まちが》った相手に渡してしまうということも起こりうる。秘密の恋《こい》などは、当然人目につかないよう届ける気配りも必要になる。

だからこそ、どれだけ信頼《しんらい》できる文使いに文を託《たく》せるかが重要だった。

逆を言えば、その者に託すことができたら、相手を知らずとも届けることができる、というわけだ。

「ああ。さすがに東宮《とうぐう》の女御《にょうご》の懸想文を、時々で違う文使いに預けてるわけがないからな。あの女からの立て文、ってだけで通じるはずだ」

秘密を知る者はすくない方がいい。その用心を彼は逆手にとるつもりなのだ。

『『三位局』はちょうど明日まで物忌みだ。万が一、なにかを勘《かん》ぐって男が呼びだしに応じないことを考えて、俺が文使いのあとをつける」

「わかりました」

「――ふざけた真似もここまでだ」

龍臣の強いまなざしに、こくり、と喉《のど》が鳴る。

東宮に無理矢理《むりやり》協力させられたかのようなことを言っていたが、彼は彼なりに東宮のことを大切に思っているのだろう。

──じゃなきゃ、いくら命令でも女装までして後宮に潜《もぐ》りこむなんて、しないよね。

すべては明日──。

鬼《おに》がでるか蛇《じゃ》がでるか。どのみちいい方向へは転がりそうもない。

どきどきとおちつかない胸を抱《かか》えながら、百合はきたるべき明日を思い、憂《うれ》いを嘆息《たんそく》へと変えた。


「──いた」

目に留めた人影《ひとかげ》に、鼓動《こどう》が一際《ひときわ》高鳴る。

痛いほどのそれに胸へと手をあてると、かさり、とあわせにさしいれた固い感触《かんしょく》に触《ふ》れる。

龍臣から受けとった偽《にせ》の文だ。

「……」

緊張《きんちょう》からか、喉が渇《かわ》く。

ちらっと視界の端《はし》に映った自分をつける影《かげ》をたしかめ、百合はひとつ深呼吸をすると目的の人物へと歩きだした。

「もうし」

外にたたずむ狩衣の男に、すこし離《はな》れた場所から控《ひか》えめに声をかける。

——よかった……雑色所《ぞうしきどころ》までいかなくてすんで。

以前、小春を見かけたのと同じ時同じ場所へきてみて、見つけられた姿にほっとする。これもなんらかのとり決めのようなものがあるのでは……と踏《ふ》んでいたのだ。

さすがに、名も知らぬ相手を普段《ふだん》立ちいらないような場所へ捜しにいく、というのは悪めだちする。

とはいえ、見知らぬ相手に声をかけられた方は、あからさまに身構えた。

「——なにか？」

固い声の相手に百合は距離《きょり》をつめると、小春がしていたように簀子《すのこ》へと膝《ひざ》を折った。

「こちらを……」

意味深にあわせからのぞかせた文に、はっとした男が周囲へ視線を走らせて近づいてくる。

「これを、どなたから？」

「小春どのより、どうしても席がはずせないため、と預かりました」

ここで待つ方に渡せばよいと、と多くは知らない、ただ頼《たの》まれただけだという風情《ふぜい》を装《よそお》う百合に、男もまたそれ以上問うことはせず首肯《しゅこう》した。

「かしこまりました。お預かりいたします」

この時、この場所、という符丁《ふちょう》があるからだろう。百合がとりだした立て文をさしだせば、男は受けとったものを特に中身を疑う様子もなく、すばやく懐《ふところ》へと押しこんだ。

「たしかに、お預けいたしました」

「はい。では……」

そのまま足早に立ち去っていく男の背中からはずした視線を、百合はさっと反対方向へと巡《めぐ》らせた。――と、こちらをうかがっていた公達《きんだち》と目があう。

今は左兵衛佐《さひょうえのすけ》に戻《もど》った龍臣だ。

「……」

互《たが》いに無言のまま頷きあうと、物陰《ものかげ》からでてきた龍臣が遠ざかる男の背を追いはじめる。

建物の陰へと消えていくふたつの背中を見送って、百合はふう……と息をついた。

「うまくいくといいけど」

この先は相手の男次第《しだい》だ。

しかし、たとえすべてが思うように運んだとしても、このやるせなさだけは消えないだろう。

再度溜息《ためいき》をおとして百合は踵《きびす》を返した。

最近、ちょくちょく姿を消しているため、同僚《どうりょう》の女房《にょうぼう》たちにいい人でもできたのではないかと勘ぐられているのだ。思わぬ方向へ疑われているのは、口にはできない秘密を抱えている身としてはありがたいのかもしれないが、上の者たちからはあたりが厳しい。

――そりゃ、仕事をさぼって男の人と会ってたら、嫌《いや》みのひとつも言いたくなるよね。

色々ありすぎてそれどころではなくなっているが、後宮での出世を目論《もくろ》む身としてはありがたくない状況《じょうきょう》だ。

さっさと戻ろう、と桐壺へととって返した百合は、そろりと端の御簾《みす》から中へと身体《からだ》を滑《すべ》りこませた。

直後、いっせいにその場視線が突《つ》き刺《さ》さった。

「⁉　あの、申しわけ——」

思いもしなかった事態にびくっと身が竦《すく》む。とっさに口を突いた謝罪を皆《みな》まで言い終わらないうちに、百合はわっと同僚たちにとり囲まれた。

「深草式部！　あなた、どこいってたの⁉」

「それより、なにをやらかしたのよっ？」

「え？　は？」

そのあまりの勢いに、わけもわからず後退《あとじさ》る。が——

「あれが戻ったのなら、ここへ連れてきなさい」

いかにも作った、というか、とりすました香子の声が母屋《もや》の方から届く。

「はい、ただいま」

「ちょ……待っ、これはなんなの？」

「それはこっちの科白《せりふ》よ。いいから早くっ」

目を白黒させた百合は、同僚たちに押されるがまま、香子がいるだろう御簾のむこうへと追いやられる。そうして、放《ほう》りだされた先に広がった光景に声を失った。

――な、に？

上座の几帳《きちよう》の奥には香子がいるのだろう。周囲に控える形で、いつものとりまきの女房たちと青い顔で震《ふる》える小春の姿がある。

そのむかい側には、険しい顔つきでこちらを見る大納言《だいなごん》好文の姿があり、彼の背後には宰相《さいしよう》の中将《ちゆうじよう》を筆頭とする武官たちが厳《いか》めしい面持《おもも》ちで居並んでいた。

「――この者だ」

茫然《ぼうぜん》と立ちつくす百合の前で、好文がすっくと立ちあがり、鋭《するど》く指を突きつけてきた。

「この者が父親の式部大輔《しきぶのたいふ》と謀《はか》り、我が娘《むすめ》であり東宮の女御でもある桐壺御息所《みやすどころ》を陥《おとしい》れんと、幽霊騒《ゆうれいさわ》ぎを企《くわだ》てたのだ！」

「……え？」

眼前で叫《さけ》ばれたそれに、百合は愕然《がくぜん》と目を見開いた。

五　交わらぬ色

内裏《だいり》を抜《ぬ》け、足早に大内裏を歩いていく文使いのあとを追う。

最初は度々《たびたび》周囲をうかがう気配を見せていた男は、ここまでくると先を急ぐことに重きを置くのか一顧《いっこ》だにしない。

——どこへいく気だ？

それでも油断なく一定の距離を置いてつけながら、龍臣は行き先を訝《いぶか》しんだ。

あの気位の高い香子が文《ふみ》のやりとりを許すくらいだから、当然高位貴族かと思っていたが、殿上人《てんじょうびと》の集《つど》う内裏をでたあたりで雲行きがおかしい。

直接相手に手渡《てわた》すわけではないのだろうか。しかし、人の手を介《かい》せば介すほど人目は誤魔化《ごまか》せるかもしれないが、届かない危険も秘密が漏《も》れる危険も増す。ことがことだけに関《かか》わる人間はすくない方がいい。

では……と思案しながらも歩を進めていた龍臣は、すれ違《ちが》いざまに耳に届いたやりとりに思わず足を止めた。

「おい、さっき武官たちが物騒《ぶっそう》な顔して、式部大輔の居場所を聞いてきたが、ありゃなんだったんだ？」

「さあな、内裏で無用な騒《さわ》ぎを起こした、とかなんとか言ってたが」

『式部大輔』の名に、龍臣はつられたように振《ふ》り返った。式部大輔とは、百合の父親のことだ。

――あいつの父親が、内裏で無用な騒ぎを起こした？

一応見知ってはいるが、それこそ『騒ぎ』とは結びもつかない風流人だ。そんな人物がなにを……と訝っていると、さらに別の声が聞こえる。

「娘と謀ってどうの、とか言ってたから、あれじゃないか？　例の桐壺の幽霊騒ぎ」

「！」

推測というより邪推《じゃすい》に近い笑い混じりのそれに、龍臣は鋭く息を呑《の》んだ。

とっさに駆《か》けよって「どういうことだ」とつめよりそうになるのを、ぐっとこらえる。

「……幽霊騒ぎだと？　まさか」

思惑《おもわく》を超《こ》えた動きに、額に冷や汗《あせ》が滲《にじ》む。

なにがどうなっているのかはわからないが、もし彼らが言っていることが本当なら、武官を動かしてまで式部大輔を捕《と》らえようとしておいて、娘である百合がなにごともなくすむとは思えない。

――どうする？

龍臣の脳裏《のうり》に迷いが浮《う》かぶ。

顔を前へと戻せば、遠くなった文使いの背が見える。

桐壺へととって返すか、このままあの男を追うのか。

「……」

逡巡《しゅんじゅん》したあと、龍臣は迷いを断《た》ち切るように前へと足を踏《ふ》みだした。離《はな》れてしまった距離《きょり》を小走りで縮める。

式部大輔や百合が濡《ぬ》れ衣《ぎぬ》を着せられそうになっているだろう今、慌《あわ》てて駆けつけたところで三位局《さんみのつぼね》、ましてや左兵衛佐ごとき、なんの役にもたたない。必要なのは、それが濡れ衣だという根拠《こんきょ》だ。

そのためには、幽霊《ゆうれい》の正体を暴《あば》く必要がある。

「こうなったら、相手を誘《さそ》いだすなんて悠長《ゆうちょう》なことを言ってられるか」

相手が桐壺へきたところをとり押さえるのが一番確実なやり方だが、さすがにそんなものを待っている猶予《ゆうよ》はない。

「多少強引《ごういん》だろうが、ひきずりだしてやる」

東宮《とうぐう》へ背信を働いた挙句、立場の弱い者に罪をなすりつけてなかったことにしようなど、させるわけがない。

「──あいつも幽霊など追いかけたりするから、目をつけられるんだ…っ」

たしかにこうして香子の秘密を摑《つか》むことはできたが、逆に陥れられてはどうしようもない。

とはいえむこうも、こちらが罠《わな》を張ろうとしているのに気づいて動いたわけではないはずだ。それこそ、とりたてた地位も器量もない一女房《にょうぼう》と東宮が繋《つな》がっているなど、思いもよらないだろう。そこまで突《つ》き止めていると考えるには、今回の動きは杜撰《ずさん》すぎる。女房より先に消しておく相手があるはずだ。

しかし、病にしろ物忌《ものい》みにしろ、あの幽霊騒動《ゆうれいそうどう》の晩以降、急に姿を見かけなくなったという人物の話は皆目《かいもく》耳にしない。

おまけに文を運んでいた家人の存在にまで気が回っていないあたり、むこうにとっても急なことだったのだろう。十分な根回しをしている余裕《よゆう》はなかったとみて、まず間違《まちが》いない。

ならば、つけいる隙《すき》も十分あるはずだ。

「百合……」

逸《はや》る気持ちを抑《おさ》えつけ、龍臣は文使いを追うことに意識を集中させた。

大納言は一体なにを言っているのか。

身に覚えどころか、まともに顔をあわせたこともない相手から突然糾弾《とつぜんきゅうだん》を受け、百合は茫然と大納言を見つめた。

「――と好文さまは言われているが、間違いないか？」

いっこうに反応しないこちらを見かねたように宰相の中将である雅雪が問いかけてくる。間違いないか、と言いつつも、冷静な声色《こわいろ》には一方的に疑っているような様子はなかった。

そのおちつきにひっぱられる形で、百合は口を開いた。

「あの……なにをおっしゃっているのか、」

「この期《ご》に及《およ》んでしらばっくれる気か!?」

わからないのですが、と皆《みな》まで告げるのも待たず、気色ばんだ好文に罵声《ばせい》を浴びせられる。

言われたことよりも激しさに気圧《けお》されるように身を退《ひ》いた百合は、拍子《ひょうし》に視界の端《はし》に映った小春へちらりと視線をむけた。

さきほども思ったが、青ざめてひどく震《ふる》えている。うつむいたままの顔は頑《かたく》なにこちらを見ようとはしなかった。

――小春どの……？

「女房どの」

あたかも自分が糾弾《きゅうだん》されているかのような小春に意識がむきかけた時、かかった抑揚《よくよう》のない呼びかけに百合ははたと雅雪を見やった。

「好文さまは、そなたが父親である式部大輔と謀って幽霊騒ぎを企てたのだとおっしゃっている」

「父と謀って……企《くわだ》てた……、ッ！」

口の中で繰《く》り返した百合は、ここへいたってようやく自分の足元の危《あや》うさを自覚した。ざっと全身から血の気がひく。

とっさに小春の方を見やって、そういうことか、と唇《くちびる》を戦慄《わなな》かせた。

――御息所《みやすどころ》さまの秘密の恋《こい》が大納言《だいなごん》さまにばれたんだ……。

芋《いも》づる式に幽霊騒動――幽霊の正体も露見《ろけん》したのだろう。

娘《むすめ》である香子が東宮を裏切っていたとなれば、好文に累《るい》が及ぶことはまず避《さ》けられない。だからこそ、ことが明るみにでる前に騒動《そうどう》の咎《とが》を実茂と百合に負わせることで、裏切り自体をなかったことにしようというのだ。

小春はそれを知っていて、関係のない人々に罪を負わせること、東宮に対する背信を見て見ぬふりをすることに、恐《おそ》れおののいている。

――……冗談《じょうだん》じゃない…っ
なぜ自分に目をつけたのかは知らないがそんなこと背負わされてたまるものか、と百合は蒼《そう》白《はく》な顔のまままきっと前を見据《みす》えた。

その突然《とつぜん》の変化に、好文がわずかにたじろいだ。

「なにゆえそのようなお話になっているのかは存じませんが、父にもわたくしにも騒ぎを起こす理由がありません」

「ふ、ふんっ、理由ならばある。そなたには撫子という名の妹がおるな」

「……おりますが」

前触《まえぶ》れもなくあがった妹の名に、なんのつもりかと訝《いぶか》しむ。警戒《けいかい》しながら首肯《しゅこう》した百合に、好文が威勢《いせい》をとり戻《もど》すように眼光をぎらつかせた。

「香子を追いだし、代わりにその者を東宮妃《ひ》にと目論《もくろ》んでおるのだろうが！」

「——は？」

思いもよらないことを言及《げんきゅう》され、ぽかん、とする。

「それを足がかりに家の再興を期するつもりなのだろう。そなたら程度の家格では主上《おかみ》のお目に留まるのは難しいからと、東宮さまを使おうとするとは、なんと浅ましい！」

ここぞとばかりにまくしたてた好文は、今が好機とばかりに続けざまに叫《さけ》んだ。

「そらみろ、図星を指されて言葉もないではないかッ」

「！　お待ちくださいっ」

さすがに唖然《あぜん》としている場合ではない、と百合は我に返った。

「そのようなこと、考えたこともありません。そもそも、妹は裳着《もぎ》もまだで…っ」

「まだしらばっくれるか」

口では忌々《いまいま》しげに、しかし百合にむけては企《たく》むような嗤《わら》いを閃《ひらめ》かせ、好文は懐《ふところ》へと手をさしいれた。

なに？　と身構えたこちらへ、勝ち誇《ほこ》った顔つきで一通の文《ふみ》を突きつけてくる。

「ここに証拠《しょうこ》もある！」

「証拠？」

それに口を挟《はさ》んだのは、今まで両者を冷静に観察していた雅雪だった。

「なんです、それは」

「おお、宰相《さいしょう》の中将《ちゅうじょう》にもまだ言っていなかったな。これはそこな女房が家にあてて送った文よ」

「文？」

なんのことだ、と眉根《まゆね》をよせた百合に、好文があいかわらずのしたり顔で文を広げた。

「ここにはこう書いてある。――『そちらの庭には気の早い撫子が咲《さ》きはじめているころでしょうか。こちらのお庭には見事な桐《きり》が植わっており、春の終わりには可憐《かれん》な花を咲かせていましたが、それも終わってしまいすこし寂《さび》しい様相です』とな」

「――そ、それは」

百合が愕然《がくぜん》と目を瞠《みは》る。

それはいつかの時、小春に預けた妹に宛《あ》てた文だった。返事はこなかったが、また父が渡《わた》し忘れているのだろうと気にも留めていなかった。

単に文使いに渡し損《そこ》ねていた、という可能性もなくはないが、あの状況《じょうきょう》を考えると、おそらく小春は意図的に渡さなかったのだろう。

あのころはこちらも幽霊《ゆうれい》についてなにかを掴んでいたわけではなかったが、当事者である小春はいつことが露見するか常に恐れていただろうことは、想像に難《かた》くない。なにか香子にとって不都合なことが書かれているのではないか、と警戒してあとでこっそり内容を検《あらた》めていても不思議はなかった。

その後、どういう経緯《けいい》で大納言の手に渡ったのかは不明だが、小春のあの顔色の悪さはこの文に対する罪悪感も含《ふく》んでいたのだ。

「それが？」

怪訝《けげん》そうに問いかけた雅雪に、好文が荒《あら》く鼻を鳴らした。

「わからんのか、宰相の中将。これは時候の挨拶《あいさつ》に見せかけた、企みのやりとりに決まっておるだろう。気の早い撫子が云々《うんぬん》は、きたるべき時に備えて裳着の準備は進んでいるか、という確認《かくにん》。桐はむろん桐壺に住まう香子のことだろう。終わってしまったとは言ってくれる……幽《ゆう》霊騒《れいきわ》ぎを起こして娘の顔を曇《くも》らせたのは、だれだというのか」

「……っ」

百合はくっと息をつめた。

ただの妹に宛てた近況報告《きんきょう》が、見事に企みごとを暗喩《あんゆ》する文にされてしまっている。信じるか信じないかは聞く者次第《しだい》だろうが、ああまで自信満々に言い切られたら、たしかに、と思う者もすくなくないだろう。

さっと視線を走らせたかぎり、居並ぶ武官たちの反応は半々といったところだ。ただ、武官をとり仕切っているらしい雅雪の表情だけは読めなかった。

「見よ、あの顔を。この文に心当たりがある証左ではないか。署名もほら、このとおり記されておる」

ここで黙《だま》っていてはさきほどの二の舞《まい》だと、喉《のど》を上下させると百合は好文を見据えて口を開いた。

「その文をどちらで手にされたかは存じませんが、たしかにわたくしがしたためたものです。しかし！　大納言さまのおっしゃるような意味は、まったく——」

「——そうだね。私にも普通《ふつう》の文に聞こえるよ」

——え？　この声……！

百合の反論に図《はか》らずもあがった同意に、居合わせた者たちがいっせいにそちらへと顔を巡《めぐ》らせた。

「なっ……東宮《とうぐう》さま!?」

簀子縁《すのこえん》と廂《ひさし》の間を仕切る御簾《みす》をゆっくりと潜《くぐ》り抜《ぬ》けて姿を現したのは、東宮その人だった。

思わぬ人物の登場に、立っていた者たちが一拍遅《いっぱくおく》れて次々と膝《ひざ》を折る。百合もまた慌《あわ》ててそれに倣《なら》った。

「東宮さま、なにゆえこちらに……」

さきほどまでの威勢もどこかへ、頭《こうべ》を垂れた好文が上擦《うわず》った声で問う。

「桐壺へ武官がのりこむ騒動があったと耳にしたからね。——これはなにごと？」

「はっ、大納言好文さまより桐壺における幽霊騒動《ゆうれいそうどう》についての訴《うった》えがあり、たしかめにあがりました」

東宮の問いかけに、今度は好文ではなく雅雪が答える。

「大納言さま曰《いわ》く、此度《こたび》の幽霊騒動は式部大輔《しきぶのたいふ》と謀《はか》ってそこなる女房《にょうぼう》が企てたものである、と」

「その証拠があの文、というわけ？——さきほども言ったけれど、ごくありきたりな文にしか思えないけれど」

——東宮さま……。

どういう経緯で桐壺へ足を運んだのかはわからないが、おそらく彼は百合が騒動に巻きこまれていることを知っていたのだろう。だからこそ、表立ってかばうことはできなくても、こうしてさりげなく擁護《ようご》してくれているのだ。

ただ、予想外の東宮の登場を面白《おもしろ》く思わないのが好文だった。

「……差し出口を」

低い呟《つぶや》きとともにかすかな舌打ちが聞こえてくる。東宮には届かないだろう些細《ささい》なそれは、しかし近くにいる百合にはしっかり届いていた。

いかにも余計なことを、という見くびった響《ひび》きからは、好文が東宮を内心どう思っているのかが伝わってくる。

——こんな人たちに囲まれてたら、優《やさ》しい、穏《おだ》やかなだけでいられないのも当然だわ。

ちらっとでも、大納言《だいなごん》が東宮の後ろ盾《だて》になるつもりで娘《むすめ》を入内《じゅだい》させたのでは、と思った過去を後悔《こうかい》する。

龍臣の言ったとおり、好文はそんな殊勝《しゅしょう》な人物ではない。あるとしたら打算だけだ。

そんな人に、父共々足を掬《すく》われようとしているのだ。

東宮が加勢してくれているとはいえ、このままではあの文を盾に連行される可能性が高い。疑いをかけられたら最後、あれよあれよという間に濡《ぬ》れ衣《ぎぬ》をきせられることになるだろう。

そうなったら没落《ぼつらく》どころの騒《さわ》ぎではない。都すら追われるはめになる。

「……こうなったら」

口の中で呟いて、百合はちらりと部屋の隅《すみ》——厨子《ずし》へと目をやった。

好文にことが露見《ろけん》した時点で、普通の者だったら処分しているだろう。とはいえ、そのままにされていた文使いの男のこともある。望みを賭《か》けてみる価値はあった。

……が、躊躇《ためら》いが捨てきれない。

その隙《すき》を衝《つ》くように今まで沈黙《ちんもく》を保っていた几帳《きちょう》の奥から声があがった。

「——あら、でも、この者は幽霊が現れた時に二度も居合わせているんだもの。関係ないとはとても思えないわ」

ねえ、とくすくすと笑いを含んだ言い分に、がばっと好文が面《おもて》をあげた。

「そ、そうです！　むす……御息所《みやすどころ》さまのおっしゃるとおりです。一度ならともかく、二度ともなれば偶然《ぐうぜん》とは思えません。やはり、一度しっかりとり調べを」

親子揃《そろ》ってのそれに、躊躇いなどいらなかった、と自分の甘さを再び悔《く》やむ。

香子の物言いは、どう聞いてもならぬ恋《こい》に打ちひしがれた者のそれではなかった。むしろ、自分の邪魔《じゃま》をするからだ、という悪意をひしひしと感じる。

「おそれながら」

こうなったら自分の身を守れるのは自分だけだ、と百合は顔を伏《ふ》せたまま、周囲にとおるように声を張りあげた。

「二度目の幽霊騒ぎの折は、わたくしは局《つぼね》におりました。別の方の悲鳴を聞いて駆《か》けつけたのです。近くにおいでだった方々はよくご存じかと」

「――そうなの？　知っている者はいて？」

ぱしり、と扇《おうぎ》が鳴る音とともにあきらかに不機嫌《ふきげん》な声が、こちらをうかがっているだろう女房たちにむけてかけられる。しかしながら、とばっちりを恐《おそ》れてか、深草式部をかばう声はいっこうにあがらなかった。

「あら、だれも知らないみたいよ？」

一転機嫌良くころころと笑った香子に、ある程度予測していた百合は嘆息《たんそく》とともに次の一手を繰《く》りだした。

「でしたらその件は置いてお尋《たず》ねしますが……一度目の幽霊、とおっしゃるのは？」

「そんなの決まっているでしょう、今月の朔日《さくじつ》の晩のことよ」

「さようですか。――なぜ、ご存じなのでしょう？」

あくまで淡々《たんたん》と問うたこちらに「……え？」「なに？」と香子と好文の疑念が被《かぶ》る。

「わたくしはあの晩寝付《ねつ》けず、たまたま外へでてなにかの影《かげ》を見たのです。その時、周囲には人の気配もありませんでしたし、わたくしも悲鳴をあげたり、まして『幽霊だ』と言ったわけでもありません。その後、件《くだん》の影は逃《に》げていきましたが……なぜ、御息所さまはあの晩幽霊がでたとお思いなのですか？」

「……っ」

幽霊、というかあの影を実際見たのでなければわからないことだ、と言外に告げた百合に、几帳越《ご》しに香子が息を呑《の》んだのが伝わってくる。

「よもや、御息所さまはご存じだったのですか？　あの晩、幽霊がで……ッ」

たたみかけるように百合が言葉を継《つ》いだ時、鋭《するど》い舌打ちとともに勢いよく二の腕《うで》を摑《つか》まれた。

はっと目を上げた先に、双眸《そうぼう》を怒《いか》りに染めた好文の姿があった。

「余計なことを…っ」

唸《うな》るように呟き、ぎりっとこちらを掴む手に痛いほどの力がこもる。

「つべこべ言わずに、そなたはおとなしく従っておればいいのだ！」

いくぞ、とこれ以上不利なことを口走られないうちにと焦《あせ》るのか、有無《うむ》を言わさずひきずりあげるようにして立たされる。

「大納言っ、手荒《てあら》な真似《まね》は」

「おお、東宮さま。お耳汚《よご》しを……あとはこちらで処理しますゆえ」

止めにはいった東宮を、敬う素振《そぶ》りでおざなりに扱《あつか》う。

「大納言さま…っ、まだ話は」

「いくぞ、宰相《さいしょう》の中将《ちゅうじょう》」

百合の抵抗《ていこう》も意に介《かい》さず、外へと連れだそうとする。

「大納言さま、その女房の言うとおり、話はまだすんでは――」

「その手を離《はな》していただきましょう、大納言さま」

咎《とが》め声をあげた雅雪に、再び割ってはいった第三者の声があった。同時に姿を現した公達《きんだち》に、

「だれだ!?――お、まえは……」

再三の邪魔だてにいらだちを隠《かく》さず声を荒《あら》げた好文が、怪訝《けげん》な顔つきになる。

「た……左兵衛佐《さひょうえのすけ》、さま」

ここにあるはずのない姿に、百合もまた目を瞠《みは》った。

——どうしてこの人がここに？　文使いのあとをつけていったはずなのに……。

まさか、見失ったのだろうか。

そんな考えがよぎった矢先、龍臣のうしろにもうひとつの人影《ひとかげ》が映る。

「あれは……？」

しかし、そんなものは目にはいっていないのか、気にも留めていないのか、好文は憤然《ふんぜん》と肩《かた》を怒らせた。

「その手を離せとは、なにを左兵衛佐ごときが偉《えら》そうに！　左大臣の息子《むすこ》だからといって目上の者に盾突《たてつ》くとは、礼儀《れいぎ》も知らぬようだな」

「それは申しわけありません。敬意を払《はら》うべき相手には、自然と頭がさがるのですが……」

「なんだとっ？」

困ったような笑顔《えがお》で、敬意を払うに値《あたい》しない、と暗に告げた龍臣に、好文が気色ばむ。

そのやりとりを無視する形で二人を遮《さえぎ》ったのは、雅雪だった。

「それで、左兵衛佐はなにをしにきた」

龍臣もこれ幸いとばかりに雅雪へ、そして東宮《とうぐう》へと顔を巡《めぐ》らせた。

「はい。幽霊《ゆうれい》を連れてまいりました」

意味深な一言に、「なに？」「なっ⁉」と色の違《ちが》う驚《おどろ》きがあがる中、東宮の唇《くちびる》がほんのかすかに持ちあがるのがわかった。

「――それは、見てみたいね」

龍臣もまた応《こた》えるように薄《うす》く笑ったのが、好文の背中越しに垣間見《かいまみ》える。

「待て！　左兵衛佐、なにを…っ」

「ならば……こちらが桐壺を騒がせていた幽霊の正体です」

百合の腕を放《ほう》りだし、踏《ふ》みだしかけた好文より一足早く、龍臣が連れていた影の腕をひいた。影は抵抗するように暴れるが、あの細身のどこにそんな力があるのか、彼はぐいっとそれを御《み》簾《す》のうちへとひきずりこむ。

まろぶようにして姿を現したのは、これといった特徴《とくちょう》のない凡庸《ぼんよう》な男だった。年は雅雪と同じころ――二十の半ばから後半くらいだろうか。勢い余って床《ゆか》にしたたかに膝《ひざ》を打ちつけながら、青というよりもはや白い顔でうつむき、震《ふる》えている。

「――彼は？」

「民部少輔《みんぶのしょう》。そして、」

東宮の端的《たんてき》な問いに、こちらもまた簡潔に答えた龍臣が、懐《ふところ》から一通の文《ふみ》をとりだした。立て文仕様のそれに、ひゅっと喉《のど》が鳴る音が聞こえる。

百合がうかがうように見やった背後で、こちらも男と同じくらい血の気のひいた顔で食いいいるように文を見つめる小春の姿があった。

「写経《しゃきょう》に見せかけたこの文——桐壺御息所さまに宛《あ》てた懸想文《けそうぶみ》をしたためた人物でもあります」

「！」

いくつもの息を呑む音が重なり、その場の視線が龍臣の持つ文へと集まる。続いて彼の横に跪《ひざまず》く男へ移ったかと思うと、おもむろに上座——見えない几帳《きちょう》の奥へと巡らされた。

「っ、やめなさい！　そんな男、知らないわッ」

いっせいにむけられた視線に、香子の金切り声があがる。

「そ、そうだ！　こんなものはでたらめ——」

娘《むすめ》の勢いにのる形で声をあげた好文が、次の瞬間《しゅんかん》絶句した。

「わたくしの文の相手は左大将よ！　そんな辛気《しんき》くさい男じゃないんだから…っ」

桐壺に響《ひび》き渡《わた》った叫《さけ》びに、あたりが水を打ったように静まりかえる。だれもが、それこそとりまきの女房《にょうぼう》たちすらも唖然《あぜん》と几帳を凝視《ぎょうし》した。

——……相手が左大将って、龍臣さまが手が違うって言ったんだから、そんなわけないんだけど。

百合もまたぽかんと几帳を見つめ、いやそうじゃない、と我に返る。

——今のって、相手がだれであれ、懸想文をやりとりするような相手がいたって、自分で認めたってこと？

問うにおちず語るにおちる、とはこういうことだろうか。

口走った当人がそのことに気づいているのかいないのか、ぴん、と張りつめた静寂《せいじゃく》を割ったのは、

「——……し、知らない」

うつむいたままの男があげた、蚊《か》の鳴くような声だった。

「そ、そんな文、私は知らない……！」

ついで、がばっと顔をあげると忙《せわ》しなくあたりを見回し、だれへともなく言い募《つの》る。

それが香子の尻馬《しりうま》にのったものなのか、否定することで彼女をかばおうとしているのかはわからなかったが、認めることがどういうことか理解しているのはたしかだ。

「こんなのは、濡《ぬ》れ衣《ぎぬ》だ！」

なりふりかまわぬ様子で男が叫ぶ。——と、

「——それはこちらの科白《せりふ》だよ」

またも声とともに御簾のむこうから姿を現した第三の人物が、口元に笑みを浮《う》かべつつ、瞳《ひとみ》ばかりは冷ややかに男を見下ろした。

「さ、左大将！」と好文が息を呑《の》んで叫べば、「左大将さま」と雅雪がわずかに目を瞠る。

「左大将！　きてくれたのね」

一際《ひときわ》高くあがった今この時にあっても弾《はず》むような声色《こわいろ》に、朱貞は冷めた視線を奥へ送ってか

ら弟の前へと手をだした。

「龍臣」

例に漏《も》れず、前触《まえぶ》れもなく現れた兄を凝然《ぎょうぜん》と見つめていた龍臣は、さしだされた手に一瞬《いっしゅん》苦さを見せたあと、無言のまま文を預けた。

朱貞は男へ目を戻《もど》すと、無造作に文を開く。

あっ、と男が腰《こし》をあげかけたのが、百合の目にもわかった。

「──『思えども　雲居はるかに　鳴る神の　音に聞きつつ　会ふよしもなし』ねえ」

詠《よ》みあげたそれを、朱貞は呆《あき》れ顔でばさりと龍臣へ戻した。

「こんな下手な歌が私のものだと思われるのは、心外だな」

「なっ、左大将……なにを言っているの？　あなたがくれた文でしょう？　後宮《ここ》へくる前も、きてからもたくさんくれたではない！」

「み、御息所《みやすどころ》さまっ」

朱貞の否定に、信じられないとばかりに言い募る香子の剣幕《けんまく》に、とりまきの女房が今さらながらに慌《あわ》てる。

しかし、当の朱貞はもう彼女の方を見向きもせず、「たくさん？」と龍臣に顔をむけた。

「ありますよ、あの厨子《ずし》の奥に。この男が桐壺御息所へ送った、懸想文の数々が。──捨ててなければ、ですが」

「ち、違う！　私じゃないっ」

「！　そんなものがあったのか、香子!?」

「そんな男知らないっていってるでしょうッ？」

彼が首肯《しゅこう》した途端《とたん》、叫びの数々が湧《わ》きあがる。その狼狽《ろうばい》ぶりは、それぞれにやましいところがあると告げているも同然だった。

「……」

すでにこちらを見てもいない好文に、百合はおもむろに場を離《はな》れると厨子へと近づいた。

「！　深草式部どの…っ」

気づいた小春がひき止めるように声をあげたが、今となっては躊躇《ためら》いもなかった。

厨子に手をかけたところで、「おまえっ」と好文が慌てて駆《か》けよってこようとする。が、

「どちらへ？」

数歩踏みだしたところで、雅雪に阻《はば》まれた。

その隙《すき》に百合は厨子の下段を開け、ひっそりと奥にしまわれたままになっていた文箱《ふばこ》をとりだした。蓋《ふた》を開けるとほのかな丁子《ちょうじ》の香《かお》りが鼻先をかすめる。

顔をあげたところで、捜《さが》すまでもなくこちらを見ていた龍臣と目があった。こくり、と頷《うなず》けば、浅く頷きが返される。

「――このとおりです。なんなら、この者の筆跡《ひっせき》と照らしあわせてみればよいかと」

東宮《とうぐう》、朱貞、雅雪の順に顔を巡らせた龍臣は、「いや……」と独りごちるようにして腕《うで》を捕《と》らえたままの男を見下ろした。

「それより、この者の自宅を調べればでてくるはずです。写経を装《よそお》って送られた御息所の文が」

「そんな必要はない！　写経は写経だ、それ以外のなにものでもなかろう」

龍臣の提案に、好文が即座《そくざ》に食ってかかる。この期《ご》に及《およ》んでの抵抗《ていこう》に、彼は兄によく似た冷ややかなまなざしを好文へと送った。

「ならば、いずこの寺にお納めになりましたか？　たしかめさせましょう」

「それは……」

くっと好文が言い淀《よど》む。

「決まりだ。なら、早速《さっそく》君の家へいこうか？——龍臣」

立たせろ、と目顔で命じた朱貞に、龍臣が応じようとした次の時、男はがばりっとその場で東宮にむかって平伏《へいふく》した。

「も……申しわけございません！」

「——それは、なにに対する謝罪？」

途中《とちゅう》から自分の口出しすべきことではないと考えたのか静観していた東宮が、さげられた頭へ平らかに問う。

「これらの文《ふみ》、すべて私の送ったものにございます」

「桐壺は違《ちが》うと言っているようだけれど？」

自身の女御《にょうご》に懸想文を送っていた、と聞いても怒《いか》りをあらわにするでもなく、淡々《たんたん》と応じる東宮に、逆に恐《おそ》れを覚えたように男の背が波打つ。

「そ、それは……」

伏《ふ》したままの男の頭がかすかに動く。そちらにあったのは、左大将である朱貞の姿だった。

「とある折に、大納言《だいなごん》さまのお屋敷《やしき》で御息所さま……香子さまのお姿をひと目垣間見《かいまみ》て以来、密《ひそ》かにお慕《した》い申しあげておりました。分不相応な想《おも》いとはわかっておりましたが、どうしてもそのお姿を忘れられず……。しかしながら、私ごとき身の上では大納言さまは愚《おろ》か、香子さまにも相手にしてもらえるはずがないと、その……」

「色好みで名高い私の名を騙《かた》った、というところかな」

言い淀んだ先を継《つ》いだ朱貞が、やれやれ、と緩《ゆる》く頭《かぶり》を振《ふ》った。

「入内《じゅだい》前についてはまだしも、したあともとは……おかげで、東宮の女御相手に不貞《ふてい》を働いたなどと、とんだ汚名《おめい》をきせられるところだった」

「それは因果応報というものでは？——それで、今回の幽霊騒動《ゆうれいそうどう》もおまえの仕業《しわざ》で間違《まちが》いないのか」

嘆《なげ》く朱貞を冷たくあしらって雅雪が男に問う。いつのまにか、龍臣、東宮、朱貞、雅雪といった人物たちに囲まれる形になった男は、伏した身体《からだ》をさらに縮こまらせた。

「は、はい…っ、あ、いえ」

「どちらだ」

「こ、こちらへ忍《しの》びこもうとして、姿を見られたのはたしかに私です。しかし、幽霊の噂《うわさ》自体は香子さまが流されたものかと」

「きさまっ、言うに事欠いてなにを⁉」

「黙《だま》りなさいよ！　わたくしは知らないわ、でたらめよ！」

男が香子の名をだすが早いか、好文・香子親子が喚《わめ》きはじめる。

彼らを一顧《いっこ》だにせず、龍臣が「それで？」と男を促《うなが》した。

「幽霊がでると噂がたてば、恐れてだれも出歩かなくなるから、と……そうなれば、自分の出入りを見咎《みとが》められることもなくなる、と」

「それが以前の桐壺女御だったのは、幽霊に対する信憑性《しんぴょうせい》を高めるため、というわけか」

独りごちるように呟《つぶや》いた朱貞に、百合は、え？　と彼を見やった。

――左大将さまはそこまで知ってたの？……うぅん、ど、こ、まで知ってるの？

いつかの夜の意味深な忠告といい、今日の図《はか》ったような現れ方といい、この人もまた謎《なぞ》めいている。

なんにしろ、あわや無実の罪をきせられそうだった幽霊騒動も、これで終わりだ――とずっとこわばっていた肩《かた》から力を抜《ぬ》こうとした時だった。

ガタッ、と奥から大きな音がした。

反射的に首を巡《めぐ》らせた百合の目に、顔を怒りで赤く染めあげた香子が映る。どうやらさきほどのは、彼女が倒《たお》さんばかりにして押しのけた几帳《きちよう》の音だったらしい。

「――この男のせいよ」

低い呟きとともに、憤怒《ふんぬ》に燃えた目が男をねめつける。

「左大将でなければ、だれがこんな男と…っ。わたくしは悪くないわ！　すべて、わたくしを騙《だま》していたこの男のしでかしたことよ！」

すべては自分を騙していた民部少輔《この男》が悪いのだと、自分を省《かえり》みない叫《さけ》びが耳を震《ふる》わせた瞬間《しゅんかん》、百合はかっと頭に血がのぼるのを感じた。

――……左大将だったから？　左大将じゃなきゃ、こんなことしなかった？　なんなの、それ…っ
「ふざけないでください！」

ふつふつと湧きあがる怒りに任せ、気がつくと叫んでいた。

場の視線がいっせいに百合へ集まる。だが、百合自身の目には香子しか映っていなかった。

「それがどんな言い訳になるというのです？　東宮さまを裏切っていたのには変わりありません！」

いや、むしろ相手と相思相愛だったよりも質《たち》が悪い。

「ご自分がどれほど身勝手で、東宮さまを蔑《ないがし》ろにされているのか、わかっておられるのですか!?」

「っ、なんで女房風情《にょうぼうふぜい》にそんなこと言われなくてはならないのよッ」

わなわなと震えた香子が、怒《いか》り任せに手にした閉じた扇《おうぎ》を投げつけてくる。ひゅっとこちらに飛んできたそれは、しかし百合に届く前に別の手によって叩《たた》きおとされた。

「！　た、左兵衛佐《さひょうえのすけ》さま……」

そのまま香子からこちらを隠《かく》すように立ちはだかった背中を、百合は驚《おどろ》いて見上げた。いつのまに民部少輔《みんぶのしょう》を雅雪へ託《たく》したのか、龍臣の姿がある。

「──女房風情にでもあきらかだからではありませんか？　あなたが敬うべき相手をはき違えている、ということが」

尊ばれるべきは東宮さまであって、あなたではない。

そう冷ややかに突《つ》きつけた彼の隣《となり》へ、すっと並んだ影《かげ》がある。東宮だ。

「残念だよ、香子姫《ひめ》。お互《たが》い望んだ縁《えん》ではなかったとはいえ、うまくやっていけたらと思っていたのだけれど」

男にむけたのと同様平淡《へいたん》な、けれどかすかに悲しみを滲《にじ》ませながら、

「左大将、宰相《さいしょう》の中将《ちゅうじょう》、民部少輔と大納言のことは任せるよ。桐壺の沙汰《さた》については、主上《おかみ》と

相談する。それまでここに武官をたてて人の出入りのとり締《し》まりを」

朱貞と雅雪に男たちの捕縛《ほばく》と、香子の処遇《しょぐう》について指示する。

二人が「はっ」と膝《ひざ》を折って拝命する中、実質の軟禁《なんきん》命令にようよう自分のしでかしたことの重さを実感したらしい香子が、「東宮さま!」とひきつった声をあげた。

「違うのです、この男とは本当になにもなかったのです!」

転げるように走りよってきたところを、雅雪に阻《はば》まれる。

「お控《ひか》えを」

「お退《ど》きなさい! わたくしをだれだと思っているのっ」

今となってはないも同然の地位を笠《かさ》にきる香子と雅雪が揉《も》みあう傍《かたわ》らで、

「そこの二人を連れていけ」

朱貞が雅雪の連れてきた武官たちに民部少輔と好文の捕縛を命じた。

おとなしく、というより一気に老《ふ》けこんだように力なく従った民部少輔とは対照的に、好文が唯々諾々《いいだくだく》と従うはずもなかった。

「なにをする!?」

「桐壺御息所《みやすどころ》さまの不貞を知りながら隠蔽《いんぺい》しようとした挙句、無関係の式部大輔《しきぶのたいふ》どのやこちらの女房どのに濡《ぬ》れ衣《ぎぬ》をきせようとした。その咎めは受けていただきましょう」

「放せっ、これはなにかの罠《わな》だ! 私ははめられたんだ!」

妄言《ぼうげん》をまき散らしながら、武官二人がかりで半ばひきずっていかれる。

その騒動《そうどう》を力尽《ちからつ》きたように座りこんだまま見つめていた百合は、ぽん、と頭に感じた重みにのろのろと視線をあげた。

「……龍臣、さま」

身体半分こちらへむける形で、龍臣が見下ろしている。その口元には満足げな笑《え》みが浮《う》かんでいた。

「よく言ったな、百合」

ぽんぽん、と龍臣の手が軽く頭をなでる。

彼の隣では、こちらは顔だけ百合の方へむけた東宮《とうぐう》が柔《やわ》らかに微笑《ほほえ》んでいた。

「うん、ありがとう。百合」

——……終わったんだ。

二人の笑顔にそう実感した百合もまた、自然と彼らへ笑みを返していた。


呼ばれて赴《おもむ》いた梨壺で、すべては終わったというのに龍臣は渋《しぶ》い顔だ。彼ほど顕著《けんちょ》でないにしろ、東宮もまた微苦笑《びくしょう》を浮かべている。

——まあ、ねえ。

そんな二人を前に百合は、さもありなん、と今し方去っていった人物を追うように御簾《みす》の方を見やった。

百合がいつもどおり東宮の乳母《めのと》に案内されて母屋《もや》へと顔をだした時、そこには東宮と龍臣のほかにもうひとつの影があった。

「左大将、さま……？」

「やあ、こんばんは、女房どの」

思わず立ち止まった百合へ気軽く声をかけてきたのは、まごうことなく龍臣の兄である朱貞だった。

「まあ、座ったら？」

どうしてこの人がここに……と戸惑《とまど》っていると促される。東宮が困ったような笑みで頷《うなず》くのを見て、「失礼いたします」とそろりと膝を折った。

「あの……？」

だれもなにも言わない上、朱貞が興味津々《きょうみしんしん》といった体《てい》でこちらを見ている状況《じょうきょう》がおちつかず、不躾《ぶしつけ》を承知で声をあげる。が、

「腕《うで》は大丈夫《だいじょうぶ》かい？」

ふいに問われた内容に、百合はますます困惑《こんわく》を深めた。

「腕、ですか？」

「大納言《だいなごん》に摑《つか》まれていただろう？」

「あ、大丈夫です……って、どうして」

「だから言ったのに、おとなしくしていた方がいい、とね」

どうしてそれを？　と口を突いた疑問が形になる前に、意味深な笑みとともに告げられる。

え、と瞬《またた》いた百合は、はたと思いあたった事柄《ことがら》に小さく息をついた。

「山吹《やまぶき》……あれは、やっぱりそういう意味だったんですね」

「——おい、兄貴」

そんなやりとりに焦《じ》れた龍臣が唸《うな》るように口を開いた。

「どういうことなのか、いい加減説明しろ。なにを企《たくら》んでる」

「企んでるとは心外だな」

笑いながら肩を竦《すく》めた朱貞に、しかし龍臣の眼光は緩《ゆる》まない。

「それにしてはずいぶん都合良く現れたけれど、左大将はどこまで知っているの？」

続いた東宮の下問に、やれやれ、と朱貞は笑みを苦笑に変えた。

「東宮さまにまでそう言われてはしかたがない。——桐壺御息所がもともとは主上の女御《にょうご》に推《お》されていたのは？」

「え⁉　そうだったんですか？」

やっと話す気になったらしい彼に、百合は驚きをあげた。

「そう、内々にだけど大納言の方から打診《だしん》があったんだ」

東宮がひっかかりを覚えた女御入内《じゅだい》には、そんな前段階があったのか。

「それが急に東宮の女御に、だろう？　主上が怪《あや》しまれてね」

「……なぜ、急に方針を変えたのか、ということですか？」

百合の確認《かくにん》に、そうそう、とあいづちが返る。

「後ろ盾《だて》の弱い東宮さまのためになれば、と許したものの、大切な弟君のことだからね。不安要素はない方がいい、と私に密《ひそ》かに調べを命じられたんだ」

なるほど、兄弟揃《そろ》って同じことが気にかかり、同じように左大臣家の兄弟に命じたということらしい。

──それらも結局全部、身勝手な恋騒《こいさわ》ぎの一端《いったん》だったってことよね。

帝《みかど》へ女御入内を打診しておいて、当の娘《むすめ》がどこのだれかもわからぬ相手をかよわせようとしていると知った瞬間《しゅんかん》、こっちの方がまだましとばかりに東宮へ押しつけた好文も身勝手なら、入内したあとも関係を絶たないばかりか男をひきいれようとした挙句、自尊心を満足させる相手ではないと知った途端《とたん》掌《てのひら》を返した香子も身勝手だ。

もちろん、自分では相手にされないと左大将を騙《かた》った上に、東宮の女御だと知りながら香子の招きに応じようとした民部少輔にも同情の余地はない。

「彼らの——香子どのの失敗は、幽霊騒動《ゆうれいそうどう》に桐壺女御さまの名を使ったことだ。あの方の名に主上《おかみ》がひどく敏感《びんかん》なのを知らなかったんだろうけどね。たとえ噂《うわさ》でもあの方の名があがったことで、早々に騒動をおさめる必要がでてきた」

「……その割には、あんたはずいぶんと怪しい動きをしてたじゃねえか」

半眼で兄を見やった龍臣に、朱貞がからりと笑う。

「おまえたちが同じ理由で動いてるのは気づいていたからね。ここはひとつ、能力はあるくせに宮中嫌《ぎら》いで左兵衛佐《さひょうえのすけ》なんて地位に甘んじている弟を煽《あお》ってみようかと」

「つまり……俺を動かすためだったたって？」

「まあ、そうだね。けど、ちゃんと忠告もしただろう？」

彼女のこととか、と朱貞がちらっとこちらへ視線を送ってくる。なんのことかと龍臣を見るが、彼は苦虫《にがむし》を噛《か》み潰《つぶ》したような表情で兄を睨《にら》みつけるばかりだ。

「あの、鶯《うぐいす》がどうとかは？」

「ああ、実は香子どのの文使いは民部少輔を私の隠《かく》れ蓑《みの》と認識していたようでね。物忌《ものい》みかなにかで彼がいなかった時、直接私に運んできたことがあるんだ。だれの文使いかも名乗らなかったし、内容にも心当たりがなかったけれど、もしや、とね」

「梅《香子》に宿ってるのは鶯《朱貞》と見えてもそうとは限らないってか…っ、この、くそ兄貴！」

龍臣の罵《ののし》りを聞きながら、百合もまた唖然《あぜん》とする。

結局、この人はほとんどのことを把握《はあく》していたのだ。それでいて、弟である龍臣を試《ため》していたということだろう。

大納言に腕を掴まれたことや、図《はか》ったように——というより、実際図ったのだろうが——現れたことを考えたら、桐壺でのやりとりもどこかでうかがっていたに違《ちが》いない。

「これに懲《こ》りたら、自分の役目から逃《に》げ回ってないでむきあうことだ。いざという時の力のあるなしの差は、嫌《いや》というほど感じただろう？」

とはいえ、結局最後におまえを動かしたのは彼女だったみたいだけど？

意味深にこちらを一瞥《いちべつ》したあと、朱貞は東宮に頭をさげた。

「では、東宮さま。主上への報告もありますので、私は失礼いたします」

「ああ、うん、苦労をかけたね。——兄上にも、よろしく伝えて」

「かしこまりました」

それでは、と優雅《ゆうが》な身のこなしで去っていった朱貞のあとに残されたのが、苦い顔つきの龍臣と苦笑を浮かべた東宮だった。

「——結局、兄上たちの掌《てのひら》の上だったたってことだね」

「らしいな」

自分たちが動かなくても、いずれ兄たちがことをおさめていた。ひょっとすると、自分たち以上の手際《てぎわ》のよさで。それは兄たちはこちらの動きに気づいたのに、逆はなかった時点でほぼ確実だ。

要は彼らは兄たちに試されていたのだ。

だとすれば、この表情もしかたがないだろう。

「……お二人の兄君たちは、弟君がかわいくてしかたないんですね」

ぽろり、と百合の口から漏《も》れた呟《つぶや》きに、二人の表情が一層苦みを増す。妹のいる身としてはよくわかる感覚なのだが、当の弟である彼らにとってはまた別の思いがあるらしい。

「ありがたいことではあるんだけどね」

「いい年した男が、成人した弟がかわいいとか気持ち悪いだけだろ」

もしかしなくても、かわいがられているのがわかっていてなお兄たちに敵《かな》わないところが、この苦みの正体なのだろうか？

だとしたら、一矢《いっし》報《むく》いる、とまではいかないまでも、多少なりとも相手の意表を衝《つ》くことができたら、彼らの気もすこしは晴れるだろうか。

「──でしたら、兄君たちに意思表明、じゃないですけど、こういうのはどうでしょう？」

小首を傾《かし》げつつ告げた百合に、龍臣と東宮《とうぐう》は揃《そろ》って目を光らせるとぐっと身をのりだしてきた。

人払《ひとばら》いのされた清涼殿《せいりょうでん》で、さしむかいで座るふたつの人影《ひとかげ》があった。

「――なるほど。東宮の女御に、などなにを企んでいるのかと思えば、結局小物の小細工だったというわけか」

気にかけるほどでもなかったな、と脇息《きょうそく》に持たれながら呆《あき》れた息をついた一方に、むかいの人物がゆっくりと首肯《しゅこう》した。

「ええ。幽霊騒動もまったくのでっちあげ。まったくはた迷惑《めいわく》な父子《おやこ》ですよ」

「あれには悪いことをした」

「東宮さまですか。けれど、まあ、思わぬ拾いモノもあったようですし、悪いことばかりではなかったのでは？」

「おまえの弟もやる気になったようだしな？」

「だと、いいんですけどねぇ」

喉《のど》で笑った相手に、受けた側は軽く肩《かた》を竦めた。

「なにはともあれ、ご苦労だった」

労《ねぎら》いをかけ、話をきりあげようとしたところで、なにやら思案顔の相手に気づく。つきあいが長いからこそ気づいた微妙《びみょう》な変化に、眉《まゆ》をあげた。

「どうした」

「……いえ、少々気にかかるといえば気にかかることが」

「大納言《だいなごん》に、か？」

問いかけに、ゆるりと首が横に振《ふ》られ、否定が返る。

「相手側の男に、です」

「……」

どういうことだ、という無言の促《うなが》しに、しかし再度首が振られた。

「今は申しあげるのはよしましょう」

自分の気のせいかもしれない、と不用意に口を割らないのは、らしいと言えばらしい用心深さだ。

代わりのように、「そうそう」と意味ありげな笑《え》みがその顔に浮《う》かぶ。

「そういえば、我が弟と東宮さまより、我々に宛《あ》ててこんなものが届きましてね」

そう懐《ふところ》からとりだされたのは、薄様《うすよう》に包まれた文《ふみ》だった。

こうなればもはや聞きだすことは無理だと悟《さと》ったのか、

「文か……なにが書いてある？」

先のことには触《ふ》れず問われ、男の顔に笑みが閃《ひらめ》いた。

「我々に、とのことですから、私一人で見るわけにもいかないでしょう」

あなたが拗《す》ねますから、と軽口を叩《たた》くさまには、互《たが》いの信頼《しんらい》が透《す》けて見える。

そうして、男はおもむろに手にした文を解いた。

「藍《あい》に紅《くれない》……まるで二藍《ふたあい》だな」

文を包んでいた二枚の薄《うす》い紙は、表が淡《あわ》い藍、裏が濃《こ》い紅で、重ねあわせると藍のむこうに紅が透け、赤みの強い紫《むらさき》のように見えた。

『二藍』とはまさにこの色のことで、藍の青と紅の赤をかけあわせて染めた紫のような色をしている。これは『藍《あい》』と『呉《くれ》の藍《あい》』――つまりは大陸の呉より伝わった染料《せんりょう》（藍）である『紅』、ふたつの『藍』で染められることからついた名だった。

「言われてみるとそうですね。さて、と……我らが弟たちはなにを書いてよこしたんでしょうね」

とりだした文を相手に見やすいよう床《ゆか》に広げる。

そこにはこんな一文が書きつけられていた。

なぞなぞと　打ち鳴くうぐひす　情けなく　晴れの日陰《かげ》る　暮れがちのころ

「……」

のぞきこんだ二人は、揃って顔を見合わせた。

「……『なぞなぞと　打ち鳴くうぐひす』？　季節外れの上に、とても鶯《うぐいす》の鳴き声とは言えんが、もしかしなくとも別に意味があるんだろうな」

「でしょうねぇ。『情けなく』……興ざめだと言っているからには、季節外れは百も承知でしょうし」

ついで、ああ、と思いついたように呟く。

「『なぞなぞと』はあれではないですかね、『なぞなぞ』の問いかけの文句。つまり、これはなぞなぞだぞ、と言ってるわけです」

「なぞなぞ……言葉遊びというわけか。だとすれば、『晴れの日陰る　暮れがちのころ』にかかるんだろうな」

ふむ、と顎《あご》をなでた手が、次の時にぽんと叩かれる。

「晴れの『日』が陰る、とはつまり、『晴』の『日』がなくなる——『青』だろう」

「ああ、なるほど。ならば、色繋《つな》がりで『暮れ』は『呉』で『紅』ですかね。『暮れがち』ですから、『紅が勝っている』……？」

顔をつきあわせてそこまで読みといた二人は、ひかれるように文を包んでいた薄様へ目をやった。

しばし、無言でそれを見つめたあと、どちらからともなく肩を震《ふる》わせる。

「くっ、はは！　いつまで若いつもりだ、ひっこんでろ、とは言ってくれる」

「いえ、さすがにそこまでの意味はないでしょう。人を年寄り扱《あつか》いしてくれてはいますがね」

実は、二藍とはひとつの色をさすわけではない。藍で染め、紅をかけた染物を二藍というため、藍と紅のかげんによって青みの強いものから赤みの強いものまでさまざまある。

その上で、若者は赤みの強い二藍を、年を経るほど青みの強い二藍を纏《まと》うのが通例となっていた。

それを送りつけられた歌と包み紙に照らしあわせると、青よりも紅が勝っている色、つまりは若者の色ということになる。

さらに、初夏に鳴く鶯という、時にあわないものは興ざめだと言うことで、遠回しに『若くもない者が若者のような色をまとうのは興ざめだ』と、弟をこども扱いする兄たちを逆に皮肉っているのだ。

「若作りだと名指しされているぞ、朱貞」

「なんの、私など同色系というだけのこと。むしろ、あなたのことでしょう、高晴さま」

さらに、歌に潜《ひそ》まされたそれぞれの名に、朱貞と帝《みかど》がひとしきり笑いあう。

「兄に踊《おど》らされた、と腹をたてるとは。だいぶ擦《す》れてきたように見えて、あいつらもまだまだ若いな」

「ええ、逆に利用してやる、くらいの狡猾《こうかつ》さがなくては」

まだしばらくは目が離《はな》せない、と言いあう程度には、弟たちがかわいい兄たちであった。


聞きようによってはテッペンカケタカと聞こえる鳴き声が夜陰《やいん》に響《ひび》く。

キョ、キョ、キョキョキョキョキョ――

「――ホトトギスか」

先の鶯と違《ちが》い、時節にあったそれに、龍臣は皮肉げに唇《くちびる》を歪《ゆが》ませた。

もっとも鳴いている鳥にとっては、季節にあっていようがあっていまいが知ったことではないに違いない。

鳴きたいから鳴く、それだけだ、と手にした盃《さかずき》をぐいっと呷《あお》った。

飲み慣れてはきたが格別うまいとは思わぬ酒に、己《おのれ》の未熟さを知らされるようで自然と眉がよる。にもかかわらず呑《の》むのは、そうでもしないとやっていられない気分だからだ。

なんのことはない。単なるやけ酒だ。

「……兄上たちはもう見ただろうね」

自分とは反対に唇を湿《しめ》らせるように盃を運んでいた東宮《とうぐう》が呟《つぶや》く。

おそらくは、自分と同じようにひきあいにだした鶯から連想したのだろうそれに、「だろうな」と龍臣は浅く首肯した。

「まあ、どうせ笑ってるだろ」

「だろうねえ」

今度は東宮が苦笑《くしょう》混じりのあいづちを盃へとおとした。

ちょっとした嫌《いや》みを効かせた意趣返《いしゅがえ》しだったが、そんなものがこたえるような兄たちでないことは百も承知だ。

ようは多少なりとも彼らをだし抜《ぬ》くことができたらいいのだ。それを思えば、いくらかは溜《りゅう》飲《いん》を下げることができる。

「――そういえば」

東宮の盃が空いたのを見計らって、ほら、と注ぎ足していると、なにかを思いたったように頭から爪先《つまさき》にむかって視線がなでた。

「結局、左大将は『三位局《さんみのつぼね》』のことは気づいていたのかな?」

「……」

『三位局』の響きに、龍臣は苦虫《にがむし》を嚙《か》み潰《つぶ》したような顔つきになった。

知るか、と言い捨てたいところをぐっとこらえて荒《あら》い溜息《ためいき》に変えた。

「わからん。――が、たぶん気づいては、ない」

珍《めずら》しい花がどうのと匂《にお》わされたが、終わってみるとあれは百合のことだったとわかる。

　わからない、と言う割に楽観的な龍臣に、東宮は瞳《ひとみ》を瞬《またた》かせた。

「どうして？」

「考えてもみろ」

　それに再び溜息を返す。

「気づいててあの兄貴が黙《だま》ってると思うか？」

「……たしかに」

　一瞬黙《いっしゅんもく》した東宮が、深く同意する。

　自分が女装していたと知れば、あの兄が知らぬふりですますとは到底《とうてい》思えない。むしろ、素知らぬふりで『三位局』の前に現れるくらいしてみせるのが、朱貞という男だ。

「左大将なら、しれっと口説くくらいはしそうだね」

「――やめろ」

　思わず想像して怖気《おぞけ》の走った二の腕《うで》をさすりながら顔を顰《しか》めた龍臣に、東宮はくすりと笑いを零《こぼ》した。

「それにしても、もうあの姿も見ることはないのか」

　残念、似合っていたのに。

　これ見よがしに息をついた相手に、ますます渋面《じゅうめん》になる。

「しなくてもいいなら、だれがあんな格好するか」

もとはと言えばおまえのせいだろう、と睨《にら》みつけるもどこ吹《ふ》く風だ。

「もう一度くらい見せてよ」

「ふざけるな」

挙句、笑顔《えがお》でのたまう東宮を龍臣は言下にはね除《の》けた。

最初に女房《にょうぼう》として桐壺に潜《もぐ》りこめ、と言われた時はなんの冗談《じょうだん》かと思ったが、位まで用意していると知って憤《いきどお》るより先に呆《あき》れたものだ。

とはいえ、この幼馴染《おさななじ》みの懸念《けねん》が保身のためではなく、帝のため、世の太平のためと知れば、嫌々《いやいや》ながらも協力するほかはなかった。

中継《なかつ》ぎの地位に甘んじる彼がもっとも厭《いと》うのが、自らが騒乱《そうらん》の種となることだ。本人は「面《めん》倒《どう》なことには巻きこまれたくない」と言っているが――それもまぎれもない本音だろうが――そこにあるのが兄を帝《》慮《おもんぱか》る気持ちなのはあきらかだ。

「――おまえ、さっさと東宮の位おりろよ」

たしかに懐《ふところ》に潜りこむという意味では、『三位局』は有効な手段だった。が、二度とはごめんだ、という気持ちをこめてぼやいた龍臣に、

「できるのならそうしているよ」

苦笑い混じりの同意が返る。

「だけど、もうすこしここに留《とど》まる必要がありそうだからね」

彼女のこともあるし、とつけ加えられたそれに、ああ……と綻《ほころ》びそうになった口元を隠《かく》すように龍臣は盃に口をつけた。

「……まにあったからよかったようなものの、余計なことをするから目をつけられるはめになるんだ、あいつは」

父親の浮世離《うきよばな》れぶりをどうこう言えないだろう、と声に苦みをのせれば、同じように盃を口に運んでいた東宮からふふっと含《ふく》み笑いが零《こぼ》れる。

「でも、そうでなくてははじまらなかった――でしょう？」

「まあ、な」

苦さのむこうにあるものを見透《みす》かされたような気まずさを、盃の中身とともに喉《のど》の奥へと流しこむ。

それすらもお見通しというようにむけられたまなざしが笑っているのに、龍臣は小さく舌打ちして手酌《てじゃく》で新たな酒を注ぎいれた。

「素直《すなお》というか……まっすぐだよね、彼女――百合は」

今まで近くにはいなかった人間だ、という東宮に、たしかにとそこは同意する。

いい意味で世間擦《せけんず》れしていないのだ。

屋敷《やしき》の奥深くで育てられた娘《むすめ》のような、ものを知らないがゆえの世間知らずではない。かといって、宮仕えしている者たちのような、打算やかけひきを身につけているわけでもない。

世間を——貴族社会を知りながらも、染まっていない清さ、あるいは白さのようなものが百合にはあった。

「あれが質《たち》なのか、環境《かんきょう》からくるものなのかは、わからんがな」

もっともおまえは環境に影響《えいきょう》されすぎだ、と半眼になった龍臣に、そう？　と東宮はにっこりと朱貞譲《ゆず》りの笑みを浮《う》かべた。

それに、出会った当初のすこし気弱なくらいの素直さはどこへ、と嘆息《たんそく》する。

打算まみれの大人に囲まれていたせいか、身近にいた手本が朱貞だったせいか、いつのころからか笑顔の裏に心を隠した笑い方をするようになった。いい意味でも、悪い意味でも。

「そういう龍臣だって、出会ったころは寄るな触《さわ》るなで尖《とが》っていたじゃない。それが今では立派な猫《ねこ》を被《かぶ》っているんだから、お互《たが》いさまだよ」

「——俺はおまえに倣《なら》ったんだよ」

素《す》でいるより、笑顔でいた方が面倒はやりすごせる。

そう自分に教えたのは目の前の幼馴染みだ。

「それが処世術というやつでしょう？」

返る笑顔はどこまでも悪びれない。

だからこそ、表情を隠せない、莫迦《ばか》正直ともいえる百合が、ことさら自分たちの目に新鮮《しんせん》に映るのかもしれない。

ただ本人に自覚があるのかないのか、自分は大丈夫《だいじょうぶ》と根拠《こんきょ》もなく思いこんでいる節があり、危なっかしいことこの上なかったが。

それにしても、と再び盃《さかずき》を持ちあげながら思う。

「――ずいぶん、あいつのことが気にいったみたいだな」

これほど楽しげ、というのか、柔《やわ》らかな空気を纏《まと》うことは、近年なかったことだ。桐壺の騒《そう》動《どう》があったばかりで気を滅入《めい》らせているかと思いきやこれということは、理由は百合以外考えられない。

いきなりの龍臣の言葉に、東宮《とうぐう》はきょとんと双眸《そうぼう》を瞬かせたあと、苦笑を零した。

「それこそお互いさまじゃない？」

「……」

受けた指摘《してき》に、無言のまま酒を含む。

「――だったら、どうする？」

盃から口を離《はな》しざま、それが肯定《こうてい》になるのを百も承知で問えば、この男には珍しく素で虚《きょ》を衝《つ》かれた顔をした。

「あいつを妃《きさき》にでもするか？」

数拍《すうはく》置いて、してやられた、というように嘆息がおとされる。

「どうするもこうするも……それは一度本人に断られているからね」

「……おい、それって」

まさか、と東宮を凝視《ぎょうし》すると、目をあわせたまま頷《うなず》かれる。

今度は自分が啞然《あぜん》とする番だった。

「おま……いつのまに」

「いいなあ、と思ったら、ついね」

「……つい、で申しいれるようなことじゃないだろ」

苦笑《くしょう》した東宮に龍臣は、そんなとこまで兄貴を見習ってどうする、と盃をおろして脱力《だつりょく》する。

「うん、雰囲気《ふんいき》というか、勢いだったのは反省してる」

けれど、ひたとむけられたまなざしに軽く眉《まゆ》をあげた。

「いいな、と思ったのは本当だよ。——美醜《びしゅう》なら彼女に勝《まさ》っている人もたくさんいるけれどね、どんな美姫《びき》でも会う時はほとんど御簾《みす》越し、几帳《きちょう》越しでしょう」

響《ひび》くのは心だ、と告げる彼に目を細めた。

「なら——?」

「そのつもりだよ」

言葉すくなな確認《かくにん》に、はっきりと頷きが返る。

「——そうか」

一度おろした盃を再び口へ運ぶ。どことなく苦さを増したようなそれに眉を顰《ひそ》めると、

「龍臣は？」

ふいに問い返される。

それが『どう思っている』なのか、『どうするつもりなのか』なのか、判別がつかず盃からあげた目で問いかければ、東宮は小首を傾《かし》げた。

「このままでいるつもり？」

あぁ、と合点《がてん》して、龍臣は一息に盃を干した。

「――やるしかないだろ」

とん、と盃を床《ゆか》へ置きざま、高良を見据《みす》える。

「兄貴にやられっぱなしってのは癪《しゃく》に障《さわ》る。なにより――左兵衛佐《このまま》じゃ、こっちの分が悪すぎる」

ひたむきで、莫迦正直で、自分ではしっかりしていると思っているがゆえに危なっかしい。

常識におさまらないから、面白《おもしろ》い。

だからこそ、目が離せない。あの輝《かがや》きに、惹《ひ》きつけられる。

「……」

しばし、無言で見合ったあと、くすり、と笑いがおちた。

「結局、私たちは似た者同士ということかな」

「俺とおまえがか？　冗談《じょうだん》じゃない、おまえほど性格は悪くない」

そんな軽口を叩《たた》きながら、二人はどちらからともなく互いの盃に酒を注ぎいれると、揃《そろ》ってそれを呑《の》み干した。

終 ✿ 淡《あわ》くゆらく

白々と月明かりに浮かびあがる景色を、百合はその目に焼きつけるようにぐるりと見回した。

「……この景色ともお別れか」

明朝、香子が東宮の女御《にょうご》を廃《はい》され、後宮から去ることが決まっていた。大納言《だいなごん》好文と民部《みんぶの》少輔《しょう》もことの重大さから昇殿《しょうでん》を停止される除籍《じょせき》を受け、今は沙汰《さた》を待っている最中だ。

「結局、出世なんて夢のまた夢だったかぁ」

香子が後宮を去るとなると、後宮の女官《にょかん》としてではなく、彼女付の女房《にょうぼう》として雇《やと》われていた身としてはともに退出することになる。めざせ立身出世、と意気込んで家をでてから二ヶ月もたっていないというのに、だ。

どんな顔をして帰ったらいいのだろう、と口からは溜息《ためいき》しかでない。

かといって、保身のために香子の不貞《ふてい》を見て見ぬふりをするなど、自分にはできない芸当だろう。たとえ、龍臣たちに協力を強《し》いられていなくても、幽霊騒《ゆうれいさわ》ぎが起こったら駆《か》けつけただろうし、香子が東宮以外の男性と繋《つな》がっている可能性があるなら黙《だま》ってはいなかっただろう。

正義感が強い、と言えば聞こえはいいが、愚直《ぐちょく》と言った方が正しい。

もう見る機会もないだろう、と短くも濃《こ》い時を過ごした殿舎《でんしゃ》の簀子縁《すのこえん》をゆっくり巡《めぐ》っていく。

香子の沙汰が決まるまでは、桐壺への出入りはもちろん建屋の周囲にも武官が配され、目を光らせていたが、今となっては渡廊《わたろう》に立っているのみだ。

「……」

百合はその渡廊から梨壺を眺《なが》めると、武官に咎《とが》められないうちになにげない素振《そぶ》りでとおりすぎた。

――もう、あの方たちとも会うことはないだろうな。

東宮はむろんだが、龍臣とて左大臣の子息だ。同じ藤原氏でも百合の家とは家格が違《ちが》う。

「きっと、これからはその身分から逃《に》げたりしないだろうし、ね」

もともと命令とはいえ、東宮のために女装までして後宮へ潜《もぐ》りこんでいたくらいだ。口は悪いが、友としてまた上に頂く者として東宮のことを思っているのは間違《まちが》いない。

これを機に兄の左大将に負けない公達《きんだち》になることだろう。

「……って、たったひと月ちょっとでなにをわかった気になってるんだか」

自分で自分に笑いながら、改めて出会ってからひと月余りしかたっていないことを思いだす。

それほどに龍臣は言うまでもなく東宮もまた、存在感が自分の中で大きくなっていた。

ふっと、もし――という思いがよぎり、埒《らち》もないと頭《かぶり》を振《ふ》って払《はら》う。

「毎日会ってたわけでもないのにね。――これから、寂《さび》しくなるな」

それだけ印象が強烈《きょうれつ》だったということだろう。

二人とも噂《うわさ》や世間の評判とはかけ離れた人物で、脅《おど》して協力させたくせに、こちらが無茶《むちゃ》をすると苦い顔をするのだ。

「幽霊《ゆうれい》追いかけて、怒《おこ》られたっけ」

くすり、と百合が思いだした出来事に笑いをおとした時、

「それを覚えていながらこんな夜分にふらふら出歩いてるとはな」

よっぽど危険な目にあわないと身にしみないのか？

今しも曲がろうとしていた角から姿を現した人影《ひとかげ》に、百合はあっと目を瞠《みは》った。

「龍、じゃなくて、え、三位局《さんみのつぼね》さま？」

今し方思い描《えが》いていた人物の登場にあたふたする。それが、左兵衛佐《さひょうえのすけ》ではなく、三位局なのだからなおさらだ。

「えっと、まだこちらにいらっしゃったんですか？」

もうとっくに三位局はいなくなったものだと思っていた。事件の発覚後は百合自身ほとんど局からでることがなく――気まずいのか、会う人会う人に避《さ》けられたため、用がないかぎり出歩かないようにしていたのだ――姿を見ることもなかったため、なおさらだ。

「急に姿を消せばいらん勘《かん》ぐりを受けるだけだ。どうせ、すぐのことだったからな」

「そう、だったんですか。――あ、でも、最後にこうしてお会いできてよかったです」

本音半分、誤魔化《ごまか》し半分で告げた百合に、龍臣はなんとも言いがたい面持《おもも》ちで口元を歪《ゆが》めたあと、息をついた。

「……嫌《いや》な予感がしてでてきてみれば、ほんとにいるとは」

独り言めいた呟《つぶや》きに、百合は瞬《またた》いて彼を見上げた。

「わたしに、なにかありました？」

「なにかあろうとなかろうと、女が夜うろうろするなって言ってるんだ。おまえ、後宮《ここ》が安全な場所だとでも思ってるのか？」

「……でも、もう幽霊騒ぎもおさまりましたし。武官の方々もおられますし。むしろ、人がいないのってこんな刻限くらいしかないっていうか」

なんとなく決まり悪さに視線を泳がせると、いつかの夜のようにガシリと両手で顔を挟《はさ》みこむようにして摑《つか》まれる。

「っ！」

ぐいっと顔を持ちあげられ、息を呑む。

あの時の男の姿とは違い女房姿だったが、もはや『龍臣』にしか見えない百合には同じことだった。

「ちょっ、放し――」

「一度、痛い目をみないとわからんらしいな」

吐息《といき》が頬《ほお》をなでる。

そのまま龍臣の右手が顔の輪郭《りんかく》をなぞるようにして、顎《あご》へとおりた。ぞくりとした感触《かんしょく》に肌《はだ》がざわめく。

「や…っ」

反射的に身を捩《よじ》って逃げようとするが、いつのまにか抱《だ》きこむようにして後頭部に回された大きな手がそれを阻《はば》む。

「百合」

さきほどの強引《ごういん》な手つきとは違う、促《うなが》すような手つきでくいっと顎を持ちあげられた。わずかに細められた双眸《そうぼう》と目があえば、魅《み》入《い》られたように動けなくなる。

こくり、と喉《のど》が鳴った。

直接肌が触《ふ》れる部分が、熱い。動けない中、駆けだした鼓動《こどう》だけが苦しいほどだった。

だが、それだけだ。

その熱も息苦しさもどこか甘く、嫌悪感《けんおかん》はいっこうに湧《わ》いてこなかった。

見上げた顔には月明かりがさし、男女の別なくこの世のものとは思えないほどだ。

その顔がゆっくりと近づいてくる。

「——っ」

頬どころか、唇《くちびる》に彼の吐息が触れた時、百合はたまらずぎゅっと目を閉じていた。

龍臣の唇が触れる——と思った直後、額に柔《やわ》らかな熱を感じる。

「……え？」

思わず瞼《まぶた》をあげた百合の目に、いたずらめいた笑《え》みが飛びこんできた。

「されると思ったか、莫迦《ばか》」

おまえが望むなら俺はかまわないがな。

そう耳元で囁《ささや》かれ、百合はかあっと頬を染めると、勢いよく首を横に振った。

喉で笑う音とともにするりと腕《うで》を解かれ、じりじりと後退《あとずさ》る。

「な、にを…っ」

「これに懲《こ》りたら、夜に一人でうろつくような真似《まね》は止《よ》すんだな。あやかしより、人間の男の方がずっと厄介《やっかい》だ」

「〜〜っ、家にはそんな忍《しの》んでくるような物好き、きませんから！」

からかわれた百合の悔《くや》しまぎれの科白《せりふ》に、龍臣がふと瞬いた。

じっとこちらを見下ろしたあと、「ああ、そうか」と一人得心したように頷《うなず》く。

「……なんですか」

さすがに意味深な様子が気になって問うが、龍臣はふっと笑みを閃《ひらめ》かすと衣《きぬ》の裾《すそ》をさばいて百合へ背をむけた。

「——さてな」

肩越《かたご》しに片笑んで、「おまえも早く局へ戻《もど》れ」と細く開けた妻戸から中へと滑《すべ》りこむ。

その背を半ば茫然《ぼうぜん》と見送って百合は、はあ……と息を吐《は》いた。気が抜《ぬ》けた瞬間《しゅんかん》、へたりこみそうになったのをなんとかこらえ、のろのろと足を踏《ふ》みだした。

「なんだったんだろ……」

特に、最後のアレは一体なんだったのか。

どきどきといまだにおさまらない胸を押さえながら、百合はちらりと龍臣の消えた妻戸を見返った。

「最後だったのに」

もう会えないのなら、教えてくれてもよかっただろうに。

顔の熱さとは裏腹に心がすっと冷えるような寂しさに、龍臣と顔をあわせる直前によぎった『もしも』が再び首をもたげる。

もし、彼が左大臣家にひきとられていなかったら——そんな大貴族ではなく、自分と似た環《かん》境《きょう》のまま育っていたとしたら、なにかが違っていただろうか？

身分に隔《へだ》てられた寂しさを、覚えることなどなかったのだろうか。

「……」

いや、出会わなかっただけのことだ、と淡《あわ》く笑うと、百合は局へと戻っていった。

翌《あく》る日、桐壺では朝から後宮を辞す準備が慌《あわ》ただしく進められていた。後宮にあがった時の華《はな》やかな有様からは一変、まるで夜逃《よに》げのように密《ひそ》やかに、それでいて速《すみ》やかに荷が運びだされていく。

百合はといえば、いくら好文に雇《やと》われていたとはいえ、こうなっては大納言《だいなごん》家の列に加わるわけにもいかない。それを配慮《はいりよ》して別途《べっと》東宮《とうぐう》の方から使いがよこされることになっていた。

「我が家に牛車《ぎっしゃ》のひとつでもあれば迎《むか》えにきてもらえたんだろうけど」

あいにく牛小屋はあっても、牛はいない。

閑散《かんさん》とした桐壺内で使いを待ちながら、御簾《みす》越しにぼんやりと庭を見つめていた百合は、「もうし――」とかけられた呼びかけに、はたと瞬いた。

いよいよここから去る時がきたらしい。

はい、と応《こた》えて立ちあがり、百合は御簾の外へでた。そこに案内役らしい女房《にょうぼう》が待っている。

「お迎えにあがりました」

「――よろしくお願いいたします」

胸に去来する寂《さび》しさをそっと奥へ押しこめて、百合は女房のあとに続いた。――が、どうにも行き先がおかしい。

香子の入内《じゅだい》の際に車をつけたあたりへむかうと思いきや、なぜか梨壺へとむかっている。

「あの……？」

しかし、こちらの戸惑《とまど》いをよそに女房は渡廊《わたろう》を渡《わた》っていってしまう。ついていかないわけにもいかず、百合はもう訪《おとず》れることもないと思っていた梨壺へと足を踏みいれた。

――ひょっとして、大納言さま側の迎えと鉢合《はちあ》わせしないよう、別の場所へむかってるとか？

わけがわからないながらもついていった女房が足を止めたのは、梨壺の由来にもなった梨《なし》の植えられた前庭に面した御簾の前だった。

「――え？」

「深草式部どのをお連れしました」

目を白黒させる百合を置いて、女房が奥へと声をかける。

「はいれ」

応じた声に、息を呑《の》む。

――この声って……!?

「どうぞ、おはいりください」

東宮さまがお待ちです、と促されるのに背を押される形で、百合はなにがなにやらおぼつかない足どりで、御簾を潜《くぐ》りぬけた。

「やあ、百合。待っていたよ」

「東宮、さま……」

出迎《でむか》えた東宮の笑顔に唖然《あぜん》と立ちつくしていると、

「なに、まぬけ面晒《づらさら》してる」

横合いからさきほどの声がかかる。そろそろと首を巡《めぐ》らせれば、そこにはすでに左兵衛佐《さひょうえのすけ》として装束《しょうぞく》を整えた龍臣が座していた。

「龍臣さま……？」

「いつまで突《つ》っ立ってるつもりだ？」

言われて東宮の御前《ごぜん》で立ったままの自分に気づく。

「！　失礼いたしましたっ」

慌てて膝《ひざ》を折り頭をさげたものの、状況《じょうきょう》に理解が追いつかないことには変わりない。

これはどういうことなのか、と伏《ふ》せた面《おもて》の下でぐるぐると考えていると、小さな笑い声が届いた。

「ここには私たちしかいない。楽にしてくれていいよ」

「はい……」

許しを得て、心をおちつけるようにゆっくりと顔をあげる。そこにあったのは変わらぬ笑顔の東宮と、面白《おもしろ》がるような顔をした龍臣の姿だった。

「あの、これは……」

一体なんなのか、と問おうとして、はっと閃く。

――そうか！　きっと、最後の挨拶《あいさつ》の機会をくださったんだ。

でなくては、この状況に説明がつかない。

一人、合点《がてん》した百合はそうとわかれば、と再び床《ゆか》に指を添《そ》えた。

「短い間ではありましたが――」

「ねえ、百合。私が最初に会った時に言ったことを覚えている？」

しかし、口上とともに頭をさげようとしたところで、遮《さえぎ》られる。

「最初に会った時、ですか？」

「ほらみろ、忘れてるじゃねえか」

小首を傾《かし》げた百合に、そらみたことかと龍臣が鼻を鳴らす。「みたいだね」と苦笑《くしょう》した東宮と彼を交互《こうご》に見やった。

あの時は内裏《だいり》に残ることに必死で、おちついてから説明された内容以外、正直記憶《きおく》が曖昧《あいまい》だ。

「百合は、今でも出世したい？」

「はあ、それはまあ……」

ひどく今さらなそれに、気の抜けた答えが零《こぼ》れる。これからここを辞す身としては、言っても詮《せん》ないことだ。

そんな百合に、龍臣と視線を交《か》わした東宮が、ひとつ頷《うなず》いた。

「それなら、今日から深草式部は梨壺付の女房だ」

「……はい？」

告げられた内容にぽかんとする。

「聞こえなかったのか？　おまえを東宮付の女官《にょかん》にとりたてるって言ってるんだよ、こいつは」

「……わたしが、東宮付の女官？」

龍臣の言葉を反芻《はんすう》するように繰《く》り返す。

「まだ、思いださないのか。こいつは言ったはずだぜ、『ことがすんだあかつきには、あなたが望むなら梨壺付の女官にとりたててもいいよ』ってな」

「！」

思いだしたそれに、百合は勢いよく龍臣の方を見たあと、改めて東宮へとむき直った。

「本当に、わたしが梨壺付の女官に？」

「そういうことになるね」

かすかに震《ふる》えた問いかけへ首肯《しゅこう》した東宮の笑顔《えがお》に、じわじわと実感が湧《わ》いてくる。

――わたし、後宮《ここ》をでていかなくてもいいんだ……！

胸を曇《くも》らせていた寂しさが晴れ、喜びが広がっていく。

あとどれくらいかはわからない。けれど、あとしばらくはこの二人とともにいられる。

当初の目的である後宮での出世云々《うんぬん》よりも、そのことを喜んでいる自分に驚《おどろ》く。はじまりは渋々《しぶしぶ》でしかなかったのに、秘密を共有するうちに二人の存在はこんなにも親しいものになっていたらしい。

同時に、昨夜の龍臣の意味深な様子にも合点する。彼はこのことをすでに知っていたのだ。

彼の方を見れば、心のうちを読んだかのようににやりと片笑まれた。

「せいぜい『三位局』を超《こ》えてみせるんだな、百合」

挑発《ちょうはつ》的なそれに、望むところだ、と嬉《うれ》しさとともに返そうとした時、

「龍臣さま」

「……ずるいな」

ぽつりとおとされた声に百合は、え？　と視線を前へ戻《もど》す。

そこにはうっすらと不満の色をのぞかせた東宮の姿があった。

「東宮さま……？」

「ずるい？　なにが？」

なにか不興を被《こうむ》るような真似《まね》をしてしまっただろうか、と不安をのぞかせる百合と、怪訝《けげん》さを隠《かく》さない龍臣に、東宮は交互に目をやった。

「それだよ」

「それ？」

はっきり言え、とばかりに龍臣が眉間《みけん》に皺《しわ》を刻む。

「龍臣のことを名で呼ぶのだから、私のことも名で呼んでくれてもいいと思わない？」

「？　東宮《とうぐう》さま？」

にっこりと微笑《ほほえ》んだ東宮に、どういうことかと小首を傾げた百合に、彼は緩《ゆる》やかに首を横に振《ふ》った。

「私は『東宮』という名ではないよ」

「…………は⁉」

遅《おく》ればせながらその意味するところを理解した瞬間《しゅんかん》、百合はぎょっと目を瞠《みは》った。思わず零れた声がひっくり返る。

──名で呼べ、ってまさか……！

「おま……それ、『高良』って呼べって言ってんのか？」

呆《あき》れたような驚いたような龍臣の言葉に、東宮の笑みが深まる。

無言の肯定《こうてい》に、百合は目を見開いたまま反射的に大きく頭《かぶり》を振っていた。

「無理です！　無理無理無理…っ」

「どうして？　龍臣のことは呼んでいるのに」

「無茶《むちゃ》を言わないでください！」

そもそも龍臣のことも名で呼ぶなど、おそれ多いことだろう。とはいえ、『三位局《さんみのつぼね》』と『左兵衛佐』というふたつの顔を持っていたため、彼のことは『龍臣』という人物として捉《とら》えていて、意識していないと名の方が口を突いてしまうのだ。

しかし、『東宮』は出会った時から百合の中では『東宮』だった。

――そりゃ、出会い方が出会い方だったし、左大将や宰相《さいしょう》の中将《ちゅうじょう》よりよっぽど身近に感じられるお方ではあるけど…っ
だからといって、気易《きやす》く名を呼べるほど世間知らずでもないし、面の皮が厚くもない。龍臣のように名を口にすることもはばかられる程度には、俗人《ぞくじん》でしかなかった。

「それが不公平だとおっしゃるのなら、この方のことも『左兵衛佐さま』と呼ばせていただきます！」

「おい」

「そういうことでは、ないんだけれどね」

その方がよっぽど楽だと宣言した百合に、龍臣は眉間をよせ、東宮は眉尻《まゆじり》をさげた。

しかし、譲《ゆず》る気配のないこちらに、「今日のところはしかたがないかな」と東宮が苦笑混じりに嘆息《たんそく》する。

「なにはともあれ、これからもよろしくね、百合」

「こうなったら、とことんつきあってもらうぜ、百合」

そうして改めて微笑んだ東宮に、龍臣が企《たくら》むように笑って追従する。

目の前の二人を見るにつけ、この宮仕え、一筋縄《ひとすじなわ》にはいきそうもない予感がする。けれど、それもまた楽しそうだと思う自分もいた。

そんな自分に自分で驚きつつ、

「はい、望むところです」

百合は頷きとともに、大きく破顔した。

あとがき

はじめましての方も、おひさしぶりですの方も、こんにちは。岐川新《きがわあらた》です。

この『平安あや恋語』は『平安うた恋語』に続く平安《へいあん》物第二弾《だん》になりますが、物語としては別のお話になっていますので、安心してお手にとっていただけたらと思います。

昔から『色』が好きで、綺麗《きれい》に並んだクレヨンや色鉛筆《いろえんぴつ》、パステルカラーに染められた紙なんかを見ているとそれだけでわくわくします。『好きな色』とはまた違《ちが》った感覚で、『色そのもの』を見ているのが好き——という方は、わたしだけでなく結構いるのではないかと。

そういう理由もあって、今回は『色』や『衣裳《いしょう》』といった平安らしい華《はな》やかなテーマにしてみたのですが……和歌の時同様、大変苦労しました（苦笑）

作中にも書きましたが、まず決まり事が多い。すこし齧《かじ》ったくらいではわからないことだらけです。さらには、現代の感覚と当時の感覚では、色の認識が違う。同じ『青』でも平安のころは色の幅《はば》が広《ひろ》く、今でいう『緑』も青だったりするわけです。ちなみに、皆《みな》さんが『青』といわれて思い浮《う》かべる『青色』は、『縹色《はなだいろ》』と呼ばれたものが近いのかな、と。

そういったことを踏《ふ》まえつつ、作中では大きく外れない程度に現代に近い感覚で『色』を扱《あつか》っていますが……なにより難しかったのは、目に見える色を文章で表現する、ということにつきます。自身の表現力の不足を痛感するはめになりました。

ただ、作品自体は書いていて楽しかったです。ちょっぴり苦労人気質のヒロインに猫《ねこ》かぶりの俺様ヒーロー、にこやかに腹黒い東宮《とうぐう》の三人のやりとりに筆（？）がのり、ついつい書きすぎてしまうことも。読者の方にも楽しんでいただけたら嬉《うれ》しいです。


今回のイラストは『平安うた恋語』に続いて、このか様にお願いすることができました。美《び》麗《れい》なイラストをありがとうございます。きりっとかわいい百合《ゆり》はもちろん、色気が滲《にじ》む龍臣《たつおみ》がどんな艶姿《あですがた》になるのか楽しみです。

また、担当様。少々突飛《とっぴ》な設定だったにもかかわらず、受けいれていただいてありがとうございました。これからもよろしくお願いします。

最後に、この作品を読んでくださった方々にこの上ない感謝を。平安時代の華やかな彩《いろど》りをすこしでも感じていただけたら、と思います。

それでは、願わくは、また皆さまとこうしてお会いできる機会がありますように――。

岐川新

参考文献

王朝のかさね色辞典　吉岡幸雄（紫紅社）
日本の傳統色　その色名と色調　長崎盛輝（青幻舎）
かさねの色目　平安の配彩美　長崎盛輝（青幻舎）
平安朝の生活と文学　池田亀鑑（ちくま学芸文庫）

「平安あや恋語 彩衣と徒花の君」の感想をお寄せください。
おたよりのあて先
〒102-8078 東京都千代田区富士見1-8-19
株式会社KADOKAWA 角川ビーンズ文庫編集部気付
「岐川 新」先生・「このか」先生
また、編集部へのご意見ご希望は、同じ住所で「ビーンズ文庫編集部」
までお寄せください。

平安《へいあん》あや恋語《こいがたり》 彩衣《さいい》と徒花《あだばな》の君《きみ》

岐川《きがわ》 新《あらた》

角川ビーンズ文庫 BB70-23 20625

平成29年11月1日 初版発行

発行者――――三坂泰二
発 行――――株式会社KADOKAWA
〒102-8177 東京都千代田区富士見2-13-3
電話 0570-002-301(ナビダイヤル)
印刷所――――暁印刷 製本所―――BBC
装幀者――――micro fish

ISBN978-4-04-106119-0 C0193 定価はカバーに表示してあります。

蒼《あお》の狼は華を愛《め》でる
好評既刊：①〜④
敵か、味方か――？
契約関係から始まる、中華後宮ラブ！
岐川《きがわ》 新《あらた》
イラスト/周防佑未《すおうゆみ》
角川ビーンズ文庫

岐《き》川《がわ》 新《あらた》
イラスト★雲屋《くもや》ゆきお
巫女華伝
皇子《みこ》から巫女《みこ》へ 突然の求婚──!?
豪華和風ファンタジー！
「オレのこと、お婿さんにしてくれる？」巫女として国を守る瑠璃は、幼い時に母親を亡くし神様を信じられずにいた。ある日、大倭王朝の皇子である紫苑が訪れ、突然求婚してきて……!?
好評既刊：1. 恋の舞とまほろばの君　2. 恋し君と永遠の契り

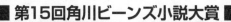

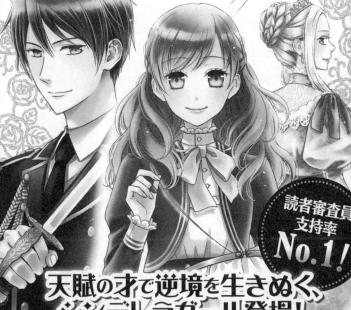